新機動戰記鋼彈W 冰結的淚滴

NEW MOBILE REPORT GUNDAM W Frozen Teardrop

隅沢克之

11 邂逅的協奏曲（中）

Kadokawa Fantastic Novels

封面插畫／あさぎ桜、KATOKI HAJIME
插畫／あさぎ桜、MORUGA
日版裝訂／KATOKI HAJIME

邂逅的協奏曲

傑克斯檔案1（上篇）

MC-0022 NEXT WINTER

長程高速氣墊艇「VOYAGE」正在已經被雪覆蓋的伊希地平原上飄行。

在這裡展開的戰鬥暫時停火了。

我的名字叫凱西·鮑，是隸屬於地球圈統一國家「預防者」火星分局的准校。

目前我正使用虛擬眼鏡來確認加入「龍妹蘭」與我母親「莎莉·鮑」的記憶後，經過全新修正、補充後的完整「傑克斯檔案」。

在我看完這份檔案後，預定要將它交給已經失去記憶的希洛·唯和瀕臨相同狀態的莉莉娜·匹斯克拉福特。

令我感到很意外的是，這份檔案的內容和我以前在火星北極冠基地裡看到的

「傑克斯檔案」根本截然不同；從檔案開始的日期起就完全不一樣了。相對於之前那個版本是從ＡＣ１８８年的「特列斯檔案」之後開始，我手上這份檔案的過去則是從回溯兩年的ＡＣ（After Colony）１８６年拉開序幕──

AC-186 AUTUMN

「在那之後過了多久呢……」

現在完全搞不清楚究竟是白天還是晚上。

季節已經是秋天這點也令人懷疑。

他對時間的感覺已經完全麻痺了。

L-2殖民地群Ｖ０８７４４。

這座俘虜看守所裡，已經被令人抑鬱的黑暗所籠罩。

不論照明工具或空氣淨化裝置也都被抑制在最低限度，令人感到沉悶的二氧化碳填塞其中。

看樣子，這棟看守所是不合理地和關押一般犯人的監獄共用。

地球圈統一聯合軍對俘虜的待遇相當惡劣。

OZ的年輕軍官預備生傑克斯．馬吉斯和艾爾維．奧涅格分別被關在單人牢房裡。

這兩人間的關係一直受到離奇命運的擺布。

艾爾維的父親戴高．奧涅格不但向聯合軍高層進言必須攻占山克王國，還請纓擔任實戰指揮官。

對傑克斯來說，艾爾維是毀滅自己祖國的仇人之子。

但這兩個人在特列斯．克修里納達麾下一起接受MS訓練，還以特務部隊的軍官預備生身分踏上了摩加迪休和月球這兩處戰場，可說是一起出生入死的戰友。

在月球上爆發的「風暴洋會戰」結束後，他們接下運送二十五架里歐Ⅳ型「格萊夫」到即將完成的移動型宇宙要塞「巴爾吉」的任務。

然而，他們在執行任務的途中遭到阿爾緹蜜斯．瑟帝奇率領的殖民地反聯合軍的奇襲。

當時艾爾維笑著說：「看我的吧。」

接著他就在從太空梭轉移到運輸機上的反聯合軍士兵們面前，公開了傑克斯是「匹斯克拉福特家」的人這回事。

「各位敬愛的馬爾提克斯．雷克斯是他父親，而傳說中的『閃電女王』希斯．馬吉斯則是他的外祖母。」

在他們與地球圈統一聯合軍漫長的戰爭歷史中，只有這兩個人曾經為叛亂軍和反聯合軍帶來勝利。

這份功績對殖民地這邊的士兵來說，堪稱是耀眼到令人目眩神迷，一路傳頌至今的榮耀。

「他的名字叫米利亞爾特．匹斯克拉福特，是和平主義國家山克王國的正統繼承人喔。」

此話一出，士兵們的態度立刻就變了。

不但指揮官阿爾緹蜜斯立刻接見他們，還不必上拘束用手銬，以司令級禮遇把他們帶走。

「匹斯克拉福特家的嫡長子，怎麼會變成聯合的士兵呢？」

這是阿爾緹蜜斯的第一項質問。

「別人說我是米利亞爾特，妳就信了？」

傑克斯這樣反問。

「這也有可能是你們為了活下去而撒謊。」

在這個時期，聯合軍的俘虜當場就被處死的案例相當多；這是因為雙方處於非正式戰爭狀態，並沒有締結保障俘虜人權的條約。

聯合軍那邊也有同樣的行為，這當然是所謂「以牙還牙」的報復意識在作祟。

「我已經作好陣亡的心理準備。」

阿爾緹蜜斯聽完這句話後用力點頭，對站在一旁的副官坎斯開口：

「你怎麼看？」

「我認為應該讓他和那位見面。」

這位名叫坎斯·卡蘭特的男子似乎認為始終保持「第二把交椅」的立場就是自己的人生意義。

而且打從成為希洛·唯的親信起，他就一直貫徹這種態度。

他對身居幕後這種立場十分滿足，並極力避免凸顯自己；甚至還很少向別人進行自我介紹。

在此稍微離題一下，九年後在AC195年，當殖民地的革命鬥士軍「白色獠牙」崛起，他和傑克斯重逢時以「沒有及早告訴您」為前提首度對後者自我介紹，或許也是在表達這種身為「第二把交椅」的立場吧。

阿爾緹蜜斯重新轉向傑克斯和艾爾維，然後開口了：

「如果你們說的屬實，那令尊和家父就是曾經並肩作戰的戰友了。」

她父親瑟帝奇中士在叛亂軍中是位身經百戰的勇士，曾隸屬馬爾提克斯麾下的南瓜戰車隊，還以宇宙戰鬥機阿波羅的飛行員身分奮戰。

「不過這已經是三十年前的事了。」

傑克斯一臉毅然地說道：

「過去的同志也會在時代變遷後變成敵人……我希望你們把我和其他的普通俘虜一視同仁。」

「喂，米利亞爾特……」

站在旁邊的艾爾維出聲制止他。

「也有像我們這樣彼此的父親是仇人，但現在兒子卻是同志的情形吧。碰到眼前這種狀況還是別太頑固比較好，難得我都這麼機靈了——」

艾爾維話才說到一半就被傑克斯打斷，拒絕他的勸阻。

「雖然很抱歉，但我不是米利亞爾特．匹斯克拉福特。」

他以清澈的眼神對阿爾緹蜜斯說道：

「現在的我是ＯＺ特務部隊的傑克斯．馬吉斯特士。」

「夠了……我不在乎你是敵人還是同志。」

阿爾緹蜜斯說這句話時避開了傑克斯直率的視線。

「不管怎麼說，我都很難想像那個特列斯．克修里納達會放棄像你們兩個小子這麼可愛又優秀的士兵啊……」

她深深嘆了口氣後說：

「我看他肯定會組織搜索隊來把你們倆搶回去。」

阿爾緹蜜斯已經接下了在這之後立刻攻陷移動要塞巴爾吉的任務。

在這之前，她無論如何都要避免由於和特列斯對決而導致己方兵力削弱這種情形發生。

「那就先暫時把他們關在我們的俘虜看守所裡吧。如果把人擺在L-2殖民地群裡，就不會那麼容易被發現。」

他對眼前的兩個少年道歉：

「雖說兩位會暫時覺得不方便，不過請容我們稍後再決定您的待遇。」

結果傑克斯和艾爾維只能先忍受淪為階下囚的對待。

在那之後過了好幾天——

「哼，米利亞爾特・匹斯克拉福特嗎……」

傑克斯躺在睡起來很不舒服的床上，看著天花板喃喃自語起來。

自他進了單人牢房以來，就養成了「自嘲」和「自言自語」的習慣。

在黑暗中陷入極端孤獨的狀況後，他也只能回顧自己的過去了。

「如果我變得夠強，就不需要報上那個名字也能搞定。」

自從六歲時王國滅亡以來，他無時不在回想自己被迫陷入的不幸立場。

為了跨越痛苦堅強地活下去，他就得秉持客觀的立場，把那些都當成別人的事來思考。

改名換姓也是他讓自己保持冷靜的手段。

不過在他看來，即使要客觀地思考「米利亞爾特」的事，除了嘲笑那連續發生，實在太過不幸的事以外，他也想不出該如何面對。

祖國滅亡，父母去世，被迫分隔兩地的妹妹所在，逃亡與流浪，飢餓與乾渴，復仇與絕望，後悔與猶豫，憤怒與屈服，肯定與否定……

當這些思緒膨脹到極限時，他的心裡就開了個大大的空洞。

他思索的那些事就一點一滴地從那個洞裡流洩出來，變成他的真心話。

傑克斯為了擺脫自己營造出來的那種意象，於是慎選那些不是真心話的詞句說出來。

「不論現在還是以後，我只要當傑克斯．馬吉斯就行了……」

從鐵柵欄對面傳來的是從老舊的空調中滲出，很刺耳的水滴聲，以及感染了最近流行起來的「殖民地感冒」的囚犯們痛苦的咳嗽與呻吟聲。

傑克斯翻了個身，轉向牆壁那邊。

「我記得那個病毒的疫苗已經完成了啊。」

今年夏天，靠著L－1殖民地群的醫療團努力，以及羅姆斐拉財團的資金援助，疫苗應該已經普及了才對。

「沒有普及到囚犯這個族群嗎……」

死亡率百分之四十。在這種惡劣的環境下，這個數值應該還會上升。

「這樣下去我也會被感染吧……哼，那也不錯啊。」

他一副作好心理準備的模樣，緩緩閉上眼。

不知道過了多久。

他似乎也睡著了。

後來他之所以再度睜開眼睛，是因為聽到走廊上傳來好幾個人的腳步聲。

只要集中精神，就能發現那些腳步聲確實是往這邊靠近。

這波腳步聲中還參雜了以另一種不同節奏敲擊地板的金屬撞擊聲。

喀鏘。喀鏘。這種獨特的異常聲音，可以想見應該是金屬拐杖或舊式義肢。

傑克斯從床上站起來，用已經習慣黑暗的眼睛盯著那個方向。

在微暗的燈光中，可以看到守衛們以及一位柱著拐杖的駝背男子。

他拖著一條細得異常的左腳。

如果光看輪廓，那種獨特的步伐看起來實在很像老人。

男人們筆直朝這裡前進，然後在傑克斯的鐵柵欄前面停下來了。

「你就是那個自稱米利亞爾特的人嗎？」

柱著拐杖的男子並非老人。

他穿著一套看起來很樸素的西裝。

傑克斯依直覺判斷對方大約三十五歲左右。

但是這個男子的左臉有很嚴重的灼傷痕跡，很難判斷真正的年齡。

「我可不記得自己有報上名字。」

「說得也是……匹斯克拉福特家的人，應該不會輕易自報家門才對。」

臉上有灼傷的男子認可了他的說法。

他臉上還戴了一副墨鏡。奇怪的是，在墨鏡底下的右眼還戴著黑色眼罩。

「我叫艾因．唯。」

中年男子這樣向傑克斯自我介紹。

「艾因……？」

傑克斯以前聽說過這個名字。

雖說他記得看過這個人的照片，但和眼前這位相比，簡直是判若兩人。

由於事出突然令傑克斯不敢置信，他擺出一副不理不睬的模樣。

「很抱歉嚇到你了。我因為事故而失去了右眼和左腳。」

自稱艾因的男子的左腳是義肢。

而且還是舊到沒有拐杖就無法走路的老式金屬義肢。

這樣一來，他拖著腳走路也沒什麼好奇怪。

「其實我不喜歡在別人面前暴露這種醜態，不過我想親眼看看你本人。」

接下來，雙方都沉默了好一陣子。

傑克斯覺得這段對話就這樣不再繼續下去也好。

然而他卻屈從於艾因沉默的壓力，主動出聲質問：

「你為什麼刻意維持這副模樣？」

在這個再生醫療和生體組織學已經十分進步的時代，不論是灼傷的傷痕還是老式義肢都稱得上相當罕見。

若是使用人造皮膚或是人造關節之類的產品，即使只限外表，也應該可以復原才對。

「我想用這副模樣來表達自己的覺悟。」

艾因用強烈的語氣說：

「如果不是這副模樣，我就不再是我了。這點還請見諒。」

這時，傑克斯心裡最早浮現的疑問就脫口而出：

「你說你是艾因・唯，那是真的嗎？」

艾因在AC175年四月七日就死了。

當天殖民地指導者希洛・唯在遍訪各殖民地的旅途中，抵達了位於L-1殖民地群C-01422的翡翠市。

這裡也是他過去在政界出道時的地點。

而希洛在歡迎會的會場演說時，遭到聯合宇宙軍雇用的殺手狙擊。

這一槍射穿了希洛的眉間，導致他當場死亡。

然而聯合宇宙軍的特工並未就此收手，還把整個會場給炸掉了。

這位傳說中的指導者的遺體，因此被炸得無影無蹤。

還有，艾因・唯也被捲入這場爆炸中而去世。

「你不信也是理所當然。艾因・唯已經死了……目前我既沒有戶籍，也沒有市民登錄號碼。」

「那麼你是以希洛・唯的外甥身分來整合反聯合軍嗎？」

「雖然我沒這個打算，但你要是以這方向去理解，或許會比較容易談下去。」

傑克斯終於明白之前阿爾緹蜜斯他們說的「那位」指的就是他了。

「很遺憾，除了這一身傷以外，我無法證明我就是我；不過你也一樣無法證明你是傑克斯．馬吉斯吧？」

傑克斯無法反駁。

他也一樣沒有正式的戶籍和市民登錄號碼。

「我認為光是活著沒有意義，但要活下去就有意義了。」

艾因這句話讓傑克斯的心情頓時沉重起來。

因為他自己也有同感。

這時突然有道光射在傑克斯臉上。

原來是守衛把手上的手電筒往他照過去。

傑克斯覺得刺眼，立刻用手掌遮住臉。

「原來如此，你的眼睛和卡緹莉娜殿下一樣啊。」

「……」

「以前我曾經和叔叔一起與馬爾提克斯王和王妃見面。不會錯，你不是傑克斯，而是米利亞爾特王子。」

「我已經捨棄那段過去了。」

「不，你該做的不是捨棄你的過去，而是要面對過去。」

艾因的臉上露出微笑。

他灼傷的傷痕也因而出現好幾道縐痕。

「到外面來吧，我想請你陪我散步。這可是我每天的慣例呢。」

「你要釋放我？」

艾因靜靜地點頭。

但是傑克斯拒絕了。

這裡有很多感染了殖民地感冒的病患。

戰友艾爾維也在這裡。

他實在無法接受這種只有自己受到特殊待遇的感覺。

艾因似乎已經看透傑克斯的心情，他開口說：

「你放心吧，疫苗剛剛已經送到這座看守所了，你那位同僚也很快就會被釋放。」

＊

過了幾個鐘頭後，艾因與傑克斯就在V08744的街道上散步。

外面冷得像是冬天。

這座殖民地的天候系統似乎長年處於故障狀態。

傑克斯身上的OZ軍服在這裡可說十分顯眼。

無奈之下，他只能借了一件深綠色的外套穿上，並豎起衣領來遮住軍服。

雖然那件外套的主人是個身材矮小的反聯合軍士兵，但那是件下襬很長的長風衣。

這兩個人身邊既沒有護衛也沒有監視者，一副真的是在街上散步的模樣，緩緩前進。

不過說到底，他們之所以走得這麼慢，還是因為艾因得拖著不方便的左腳來行走。

遠遠望去他們倆，看起來應該很像支撐著殘障父親的兒子吧。

如果傑克斯想推開艾因逃走，肯定能輕鬆辦到。

然而他並沒有這樣做。

他是秉持著將艾因提出的「陪我進行每天的慣例」這項要求照單全收，並忠實執行這種作風。

這座城市的街景充滿了絕望。

可以看到無限綿延的廢墟，人們臉上的神色也滿是疲憊；還能看到無家可歸的流浪兒們癱坐在地上的瓦礫堆裡，仰望著頭上低矮的天花板深深嘆息。

攤販們擺出來賣的蔬菜和水果也都是些乾癟又色澤不佳的劣品。

整座城市已經完全失去生氣。

很難想像這種散步，居然是艾因每天的慣例。

或許他心裡是在盤算讓傑克斯仔細看看這副悽慘的市容吧。

兩人一路走到被破壞的噴水池邊，坐在生鏽的長椅上休息。

旁邊有位女性居民正在用水桶舀噴水池裡積滿的泥水。

這種水無論如何都不能喝，要當成生活用水也覺得太過勉強。

傑克斯看到人們這種窮困的情形，他不由得脫口說出心聲：「居然窮困到這種程度……」

「這個殖民地原本就在貧困中掙扎，然而我聽說大約三十年前，這裡突然得到了豐沛的資金。在這前面的麥斯威爾教會得到一筆龐大的遺產，據說神父把那筆遺產全都捐出來了。」

傑克斯追著艾因的視線往麥斯威爾教會那邊看過去。

在半毀的大樓間，可以看到形狀尖銳的小小屋頂。

「你聽說過『夏葛德家』嗎？」

「沒有，我不知道。」

「是嗎……這樣也好，你就算知道也沒什麼意義。」

艾瑞克・夏葛德和莎伯莉娜・匹斯克拉福特結婚時，就把所有的資產都轉讓給身為教會神父的比爾．麥斯威爾了。

身為艾瑞克與莎伯莉娜孫子的傑克斯完全不知道這回事。

他也不知道希斯．馬吉斯——也就是卡蒂莉娜事實上並非他的外祖母。

「這座噴水池也是那時候建造，當時這裡的街景似乎相當美喔。」

「那麼，為什麼這裡會變得這麼荒廢？」

「富裕的殖民地會招來幸福的發展與不幸的疲弊這兩種將來。當初這裡只有資產家，於是他們基於勞工不足的理由向其他殖民地招來移民，就有三教九流的人為了找工作而紛紛湧入。」

傑克斯轉頭觀察著街上的人們。

人群裡的確混雜了形形色色的人種。

其中應該也有根本沒有家族姓氏的人吧。

搞不好流浪兒裡有人連名字都沒有。

「當人口比例中移民超過原住民時，就會有人失業，貧富差距開始拉大，不論思想和語言都陷入混亂，形成了一片化外之地。不但治安惡化、犯罪頻繁，而且經常發生因為一點小事就演變成波及整條街的騷動這種情形；情勢變成這樣後，地球圈統一聯合軍立刻就來干涉了。聯合軍以維持治安為藉口，將配屬於屯駐基地裡的精銳部隊派過來。那時他們似乎也在這裡進行開發新兵器等作業，於是就擺出一副天經地義的模樣，向這裡的居民徵收所有相關活動軍費。沒過幾年，這裡的金庫就被榨乾了。而聯合軍一得知這回事，就只留下最低限度的部隊，然後轉移到其他地方去。」

聯合軍十分腐敗。

他們消滅山克王國時，就是打著「和平主義十分危險」的旗號，但事實上就是想摧毀在醫療上賺大錢的經濟國家。

傑克斯一邊聽艾因侃侃而談，一邊這樣心想。

「居民們被聯合軍的蠻橫行為給激怒。『反聯合』這種憎恨在人們心裡根深柢固，因而催生許多反抗分子和恐怖分子。他們一路成長，變成比任何殖民地更危險的集團。我年輕時也經常來這裡安撫偏激的反抗分子喔。叔父還活著時情況還算好，然而現在——」

艾因低下頭，然後搖了搖頭：

「和『反聯合』活動相比，這座殖民衛星的反抗分子們更熱衷於搞『誰來當領袖』這樣的內鬥。明明居民們和他們已經完全離心離德了啊……」

傑克斯終於明白這座城市荒廢的意義了。

讓人們不幸的並不光是聯合軍。

擁有力量的強者不但製造出弱者，還以傲慢的態度糟蹋這裡的居民。

他們嫉恨和平，還剝奪人們的希望。

「那麼，該走了吧……」

艾因終於站起來了。

「要回去了嗎？」傑克斯這樣問他。

艾因回了他一聲「不」，然後就這樣拖著左腳邁步前進。

「我要你幫我做件事。」

「要我幫你？」

「這件事只有你才辦得到。」

聽到這種大有文章的說法，傑克斯立刻提高警覺。

「你不想知道『宇宙的結構』嗎？」

「……宇宙的……結構？」

＊

他們前往的地點是位於聯合軍屯駐基地附近的一處被封鎖的學校設施。

這裡以前究竟是法學院還是高中，現在已經完全搞不清楚了。

桌椅之類的物品最先被偷光，而從教材到照明工具等所有值錢的東西也被搶得一乾二淨。

此處荒廢的程度，已經到如果艾因沒有說明，根本就看不出眼前這座廢墟曾經是學校。

這座殖民衛星的公共設施不論哪項似乎都和這裡差不多。

聽說只有少數還有點資產的家庭會讓孩子去位於聯合軍基地裡的學校就讀。

在市民中占大多數的流浪兒以及貧困家庭的孩子們，連受教育的權利都沒有。

艾因和傑克斯走進以前曾是體育館的地方。

裡面冷得異常，還有一些異臭味傳來。

在寬廣的室內空間裡，看得到包在塑膠袋裡，含水分的垃圾堆積如山，看樣子都快堆到天花板了。

傑克斯猜想是為了避免腐壞，才把冷氣開得這麼強吧。

「我把這裡買下來後，就提供給市民使用。」

仔細一看，就能發現塑膠袋裡裝的根本不是什麼含水分的垃圾。

「這裡是私營的停屍間……夏天時每個月都會有業者來領屍，冬天則是三個月一次。」

艾因這樣說明時，他的聲音聽起來多少有點苦澀。

「在貧困的殖民衛星裡，就連想蓋個墳墓都辦不到。雖說這裡只有空調設備是最新型，但數量多到這個程度，那臭味自然很重。」

艾因開始往裡面走。

「抱歉，幫我一下吧。」

他停在某個地方後，就把一具屍體的雙腳抬起來。

傑克斯一邊心想「這就是他要我做的事？」一邊把屍體的頭抬起來將其移動到另一座屍山上。

同樣的行動反覆許多次後，終於露出了用木板鋪成的地板。

那裡被人用黃色的油漆寫上大大的警告標語：別把屍體擺在這裡！

艾因拿出了感應型的卡片鑰匙，將它湊到那道警告標語最後的驚嘆號的「・」旁邊。

在似乎響起小小一聲「嗶」的信號音之後，旁邊的一座屍山就緩緩往旁邊移動起來。

地上露出一條通往地下的階梯入口。

「俗話說『要藏樹葉就要藏在森林裡』。那麼一個應該已經死了的人想要躲起來，這裡就是最適合的地點了。」

艾因邁步往地下走進去。

傑克斯理所當然似的跟在他後面。

因為他也是個應該已死的人。

＊

這間地下室被當成了廣大的電腦控制室。

在微暗的照明下，並排著數十架被稱為「主框體」的大型超級電腦。

「太強的冷氣對這裡的機器和上面的屍體來說剛剛好，而且還不必擔心會被聯合軍發現；只是每個月的電費實在有點傷腦筋就是了。」

艾因站在一台舊式電腦的螢幕前面，打開它的開關。

「我們很久以前就開始修理並解析這台量子電腦……這可是宇宙巡洋艦『夏伍德』號上用的東西喔。雖然這個程式從開發出來以後已經過了將近四十年，但目前還沒出現能超越這個系統的『ＡＩ』呢。」

「人工智能……是嗎？」

「那位名叫湯瑪斯．卡蘭特的開發者應該是個相當優秀的人，不過去世了。」

「……」

「它以前好像被稱為『沙姆』，聽說那是持有者所養的貓的名字。雖然我不知道那個人作何打算，不過他讓這個『ＡＩ』的人格去模仿那隻貓。」

傑克斯對「沙姆」這個名字毫無頭緒。

「遺憾的是，當夏伍德號被擊沉時，『沙姆』的人格——這種情況下或許應該稱為貓格比較好吧……就消失了，目前只剩下所謂『ＺＥＲＯ系統』這個基本程式而已。」

依照艾因的說明，這台量子電腦不光是能擷取地球與月球，以及殖民地內所有監視攝影機的畫面，甚至連駭進聯合軍的大數據或是利用衛星通訊來竊聽通訊網上的個人通訊都辦到。

「如果我說這是能監視地球圈幾乎所有人類的系統，你應該聽得懂吧？」

這個系統還能更進一步在高速演算處理下，分析這些龐大資料後為使用者預測未來，並提出具備某種程度可靠性的提示。

「那就是『ZERO系統』……」

傑克斯對這台機器感到一股無法言喻的畏懼。

要使用這個系統，換句話說不就等於要認可人類已經「接近神的領域」這回事了嗎？

這似乎和得知「宇宙的結構」的意義相同。

可是說到底，人類真的需要這種東西嗎？

「如果這個系統能在十二年前啟動，或許希洛．唯根本不會死……歷史的齒輪也就不會因此失控了。」

艾因的嘆息可說一語中的。

「這個系統可以改變未來，連地球圈——不，應該說連宇宙的命運都能改變……伊曼努爾．康德提倡的『永久和平』就不會僅止於理想，而是能真正實現。」

艾因邊看著啟動的電腦螢幕邊這樣說。

畫面上只有一個小小的游標在閃爍著。

傑克斯開口了：

「既然你有這種想法，那你自己使用不就得了？」

「啟動它的密碼相當特殊……這玩意兒只接受匹斯克拉福特家的人。」

「這就是你要我『幫你做的事』啊……」

「其實有兩件事。首先，請你在電腦前面一邊唸這個，一邊用鍵盤輸入同一句話；它會用語音和光學掃描來辨識你。」

他遞過來的便條紙上寫著密碼。

「你不覺得你和我之間有某種緣分嗎？」

那張便條紙上寫的內容是這樣——

「PEACECRAFT×2HERROYUY」

傑克斯不懂為什麼這句話會被選為密碼。

雖然據說佛教禪宗有所謂「父母未生前的自己」這種從哲學觀點來解釋的思想，但傑克斯完全不了解其中深意。

在父母生出他之前，這兩個人之間就已經有了某種關係——這的確是種很神奇的感覺。

「那另一件事是什麼？」

傑克斯向對方確認，他還沒表示要接受要求。

「這件事才是最重要的……」

艾因拿下墨鏡，露出了淚眼朦朧的左眼：

「我想請你把這個……把『ZERO系統』交給我兒子。」

「你還有兒子啊。」

「有的，他是你很熟悉的人喔。我兒子就是OZ特務部隊的指揮官特列斯・克修里納達。」

傑克斯頓時語塞，沒能再繼續說下去。

＊

希臘神話中有段名叫「潘朵拉之盒」的軼事。

巨神普羅米修斯把使用火的方法這種「文明」賜給古代的人類。

火為人類社會帶來了繁榮。

然而人類間的戰爭因此變得十分悽慘，這也是不爭的事實。

人類用火製造出鐵劍和戰斧等形形色色的武器，何況火本身也是殺傷力極高的武器，最後甚至衍生出足以消滅全人類的核武。

普羅米修斯的行為觸怒了奧林帕斯的主神宙斯。

他因此被宙斯用鎖鏈鎖在高加索山上，還得承受每天被老鷹啄食內臟，但內臟還會反覆生長出來的苦難。

接下來，宙斯的怒火就往人類延燒過去。

當時普羅米修斯的弟弟厄庇墨透斯正代替他監護人類，於是宙斯就送了一位名叫潘朵拉的絕世美女到厄庇墨透斯身邊去。

厄庇墨透斯對潘朵拉一見鍾情，之後兩人就結婚了。

這兩個人的家裡有個普羅米修斯託管的盒子。

這個盒子裡裝了世上所有的災厄。

普羅米修斯有交代過厄庇墨透斯，絕對不可以打開這個盒子。

但是有一天，潘朵拉在好奇心的驅使下打開了厄庇墨透斯藏起來的這個盒子的蓋子。

其中飛出了「疾病」、「犯罪」、「差別」、「歧視」等各式各樣災厄，散播到世界各地。

雖然潘朵拉連忙蓋上蓋子，但其中還留下了最後的災厄「ELPIS」。

這存在有一說是代表「希望」，但也可以將它解釋成「預兆」。

因為古希臘語中的「ELPIS」就兼具這兩種意義。

如果留下的是「希望」，那麼由於人類必須在一切災厄中絕望地活下去，所以非得再度打開盒子不可；但在傳說中並沒有這類記載。

而若留下的是「預兆」，那麼由於人類事前並不知道會有不幸蔓延到全世界，就能不捨棄希望而活下去；所以可想見，它現在應該還留在盒子裡才對。

另外還有一種比較深入的解釋，是說最後留下來的為「預知未來之力」。

這個說法中，認為知道未來的人類無法接受今後充滿苦難的世界，遲早會自尋死路地把自己逼到瀕臨滅絕的地步，可說是相當悲觀的論調。

眼下這裡就有一個名叫「ZERO系統」的潘朵拉之盒。

打開它對人類來說，會成為進化到下一個階段的「希望」，還是會成為將全人類逼進「絕望」的災厄的始作俑者？

*

艾因的左眼一直處於充血狀態。

目前看來幾乎要落下淚滴。

或許是因為這個房間裡太冷才會充血吧？

不過那的確是他真實的想法。

傑克斯是這樣想的——

他感覺得到一種無法言喻的「孤獨」。

艾因重新戴好墨鏡，轉身背對傑克斯。

他應該是不想讓別人看到自己拭淚的模樣。

看到他這模樣的傑克斯也不覺得特別感傷。
艾因的拐杖就靠在放著電腦的桌子邊緣。
那根拐杖的握柄部分有個銀製的狗頭浮雕。
傑克斯盯著那個狗頭浮雕。
他覺得這個浮雕的臉似曾相識。
那是他已經相隔許久的模糊記憶。
（對，眼睛的部分很像……）
那是筆直仰望主人的小狗的眼神。
但他不記得是什麼時候見過那張臉。
有種聽到驚濤拍岸的錯覺。
這時傑克斯才回神，重新看著電腦螢幕上的密碼輸入畫面。
（啟動這東西，究竟是不是好事……）
傑克斯對艾因提出他突然想到的疑問：
「特列斯教官知道你還活著嗎？」

對於這項質問，艾因搖了搖頭，然後以要讓這個話題告一段落般開口：

「我從來沒去見過我兒子，今後我也沒打算和他見面。」

傑克斯覺得就算反問他「為什麼」也沒用。

應死之人不敢報上自己名字的理由，並不難想像。

因為和自己有關的人全都會被捲入不幸之中——

他一定是這樣想的。

正因為愛他們，才會選擇這條孤獨的路。

這也是他為什麼不去和自己分隔兩地的妹妹莉莉娜見面的原因。

傑克斯回顧自己的過去，有感而發說：

「不論誰都是孤獨地活著，我是在戰場上體會到這一點。正因孤獨才能堅強起來，而這股力量也能用來拯救弱者。」

「我也有同感。我和你的遭遇實在很像，所以我才選你啊。」

艾因的委託就是啟動這個處於關機狀態的「ZERO系統」，並將其交給他的兒子——同時也是OZ特務部隊司令的特列斯・克修里納達。

但是傑克斯不想立刻就答應他。

他覺得這個系統太過危險，會這麼想也是無可奈何。

在雙方都陷入一陣寂寥的沉默之後，傑克斯像是要提醒對方般開口：

「我也有可能會拒絕你的委託。」

「那是針對把『ＺＥＲＯ系統』交給特列斯這個部分，還是你連啟動這台機器都要拒絕呢？」

「不，我指的是實現『永久和平』這回事。」

「這可真令人意外……你身為匹斯克拉福特家的人，卻拒絕實現『和平』？」

「這東西根本就是『潘朵拉之盒』啊。我不由得有種只要一打開它，人類就會踏上邁向絕望之道的預感。」

艾因仍然背對著他。

傑克斯看著螢幕並說道：

「我不認為能預知未來的力量會照你所想，帶領人類踏上『和平』之道；即使那是能解讀『宇宙的結構』的量子電腦也一樣。」

「我是這樣想的——」

艾因回頭看著傑克斯，以平靜的聲音淡然開口：

「人們都是為了追尋會對自己說『你並不孤獨』的對象而持續旅行。我基於自己的經驗，得知只要遇見這種對象，人類就能改變。如果可以，我希望你也能體驗這一點。」

「我很難想像人類真的能夠改變。」

「這就看你怎麼想了。不過有句話我要說在前頭。儘管這台機器還沒啟動，可是我和你還是碰面了。」

傑克斯一邊聽著這番話，一邊看著手上那張寫著密碼的便條紙。

「這還真是種既奇妙又不可思議的『宇宙因果律（Reincarnation）』啊。」

便條紙上有「匹斯克拉福特」和「希洛．唯」的文字。

艾因所說的「宇宙的結構」就是把「因果律」換句話說吧。

「如果這台機器能夠啟動，人與人之間的羈絆會更加明確吧，也能預測和未來有關的事。或許它還能對增加像你我間的邂逅這方面有幫助喔。換句話說，它能成為持續孤獨旅行之人們的『路標』，我想絕對不是像神那樣的『支配』。如果留在潘朵拉之盒裡的是『希望』，那不就應該立刻打開它嗎？」

即使如此，傑克斯也不想答應他的要求。

他對眼前仍然保持沉默的螢幕說道：

「我覺得這東西對人類來說還太沉重，而且我不認為把『邂逅』或『希望』……更不用說『和平』這些東西都交給機械來操控會是正確的選擇。」

「……你不用現在決定……」

艾因一臉遺憾地說。

他從傑克斯的背後關掉電腦電源，然後從機器本體中取出長方形的單元板：

「這個單元盒就是用來啟動『ＺＥＲＯ系統』的裝置……你先拿去吧。」

「量子電腦居然能作得這麼小，真令人驚訝。」

長十八公分，寬八公分，高兩公分，這就是那個單元盒的大小。

「這不是量子電腦，不過是為了啟動系統而作出來的單元盒而已。只要把它裝進地球圈的任何一台電腦並輸入啟動密碼，就能透過網路來使用『ＺＥＲＯ系統』。這是巡洋艦『夏伍德』號上的『沙姆』經過自我進化後的結果。」

「比方說，要是我把它接在MS的內置電腦上，那會怎麼樣？」

傑克斯基於個人興趣提出了這個問題。

「恐怕它會成為地球圈最強的MS吧。但是這麼一來，對應的內置電腦的容量就會有問題喔。光是處理情報所花的時間，就有可能讓你看到的未來一瞬間就變成過去。」

「也就是說，有必要開發『ZERO系統』專用的MS是吧？」

自己既沒有那樣的知識，也沒有相關的技術。

傑克斯試著拿起單元盒。

它並沒有重到堪稱塞滿人類未來的地步。

「這東西真的是和潘朵拉之盒差不多的東西啊。」

「有一點我得先更正，據說這段故事裡，潘朵拉持有的是『盒子』這點是文藝復興時代的誤譯。本來好像應該是『甕』或類似『底座』的玩意兒吧。但是即使當時的人搞錯，不過因為這種說法廣為流傳，就被大眾當成事實接受了。」

「……」

「不論是言詞的意義還是解釋都會隨著時代變遷而去改變，『希望』這個字眼，也能解釋成促使人們進行白費工夫的努力的『災厄』。或許現在就是那樣的時代吧……」

結果，傑克斯還是沒有當場啟動「ＺＥＲＯ系統」。

＊

在德語中，所謂「寂寞」的形容詞被譯為「Einsam」。

艾因與保持沉默的「ＡＩ・沙姆」就在這間位於停屍間地下過冷的房間裡，彼此對看了很長一段時間。

同時他的眼睛還是又紅又腫。

艾因（EIN）與沙姆（SAM）——這個很不可思議地把兩個名字連接起來的字眼，充分表現出兩者的心情。

傑克斯一邊對這件事在心裡感慨萬千，一邊走到外面。

他看到枯葉在空中飛舞。

室外的秋天已經結束，接著輪到冬天來臨了。

傑克斯豎起外套的衣領，眺望周圍荒廢的街景。

那個單元盒剛好可以塞進口袋裡。

他還沒決定該往哪裡走。

——真正重要的東西是看不見的，傑克斯·馬吉斯。

他腦海裡突然浮現了露克蕾琪亞·諾茵說的這句話。

這是大約半年前，她在殖民地太空機場的候機室裡，邊看著夏季星座邊喃喃自語時說的話。

那是安東尼·聖修伯里著《星星王子》的其中一小節（註：此書原文為《Le Petit Prince》，中譯版命名為《小王子》，而日譯版命名為《星の王子さま》，因此有「星星王子」之意）。

當時傑克斯認為自己被擺在和故事主角相同的立場上。

在一顆小星球上孤獨居住的王子。

這點至今仍然沒變。

為什麼會突然想起這件事呢？

「宇宙因果律（Reincarnation）」。

如果能了解這種架構，或許就能搞清楚自己想起來的理由吧。

上好保全鎖的艾因走到傑克斯身邊。

他握緊那根有銀色狗頭浮雕的拐杖，拖著殘障的那條腿走到前面。

「抱歉讓你久等了。」

「哪裡。」

總之對傑克斯來說，艾因或許就是在「星星王子」裡登場的那位在沙漠墜機的飛行員吧。

在他眼裡，步伐很笨拙的艾因那寂寥的背影，和那個茫然佇立在飛機殘骸前面的飛行員的模樣重疊了。

如果露克蕾琪亞在這裡的話，她會說什麼呢？

她會覺得，這看起來簡直就像留在小星球上的那一朵薔薇吧。

「哼……我成了被人託付潘朵拉之盒的星星王子嗎？」

傑克斯臉上浮現自嘲的笑容，同時喃喃自語起來。

這是他最近才養成的習慣。

艾因似乎聽到這句話，回過頭欲言又止。

「請別在意，我只是在自言自語。」

艾因點點頭，接著再度轉向前方，拖著不方便的左腳緩緩向前走。

傑克斯也跟在他後面。

兩人就這樣一語不發地消失在街上熙攘的人群中。

AC-186 WINTER

宇宙要塞巴爾吉的竣工慶典是在那一年的十月二十六日舉行。

同時，阿爾緹蜜斯率領的反聯合軍也展開了要塞攻略作戰。

這場作戰最後以失敗告終。

在OZ特務部隊的反擊與宇宙要塞巴爾吉的主砲射擊下，做為攻方王牌的二十五架「舒巴爾茲・格萊夫（里歐Ⅳ型）」中損失了二十三架，最後只有阿爾緹蜜斯和副官駕駛的兩架生還。

這時的傑克斯與艾爾維以特別觀戰武官的身分，站在叛亂軍的大型運輸艇的艦橋上。

兩人都開始質疑起地球圈統一聯合軍了。

實際看過殖民地悲慘的生活狀況後，他們發現自己的戰鬥根本沒有任何正義可言。

然而他們身為俘虜的立場還是沒變。

因為兩人都被迫穿著內藏自爆裝置的太空服。

如果他們有與外界取得聯絡或試圖逃走等可疑舉動，就會當場觸動自爆裝置的開關，太空服內就會產生小規模爆炸要他們的命。

和他們同席的是負責監視兩人的坎斯．卡蘭特。

坎斯想藉由讓傑克斯和艾爾維看看他們攻略要塞的部分經過，來誇耀叛亂軍的實力。

他也暗暗希望若打贏這一仗，就能把這兩個人策反到叛亂軍這邊來。

「匹斯克拉福特」這個姓氏將可成為叛亂軍的象徵。

再說，若要啟動坎斯的哥哥卡蘭特所留下的「ZERO系統」，那無論如何都需要米利亞爾特協助。

然而他們卻輸了。

這樣只會產生反效果吧。

坎斯想到這裡就咬牙切齒起來。

傑克斯對他這種想法漠不關心地說：

「不論什麼事都不見得能盡如人意呢。」

他絕對沒有用嘲諷的語氣說出這句話。

「不論指揮官多麼能幹，想靠二十五架格萊夫就攻陷要塞是天方夜譚吧。」

坎斯一臉不悅地保持沉默。

「那麼傑克斯，要是換成你，會如何攻陷那座要塞呢？」

艾爾維用試探的語氣發問。

「是我的話——」

傑克斯照對方的疑問開講了。

話說，在宇宙空間裡打仗這種情形就是種很愚蠢的行為。

在既沒有空氣又沒有重力的世界裡，人類應該無法生存。這種地方肯定不會有任何生命活動。

若是即使如此還非打不可，那麼使用飛彈、砲彈或能源砲發動遠距離攻擊就是最有效的手段——因為宇宙空間這個戰場裡完全沒有任何障礙物。

既然如此，就必須準備能攻陷巴爾吉要塞的同等威力能源砲，還得準備最少兩百到五百架ＭＳ用來負責支援和擾亂敵方。

傑克斯說到這裡時，坎斯一聲：「那根本不可能！」就把他的想法打了回票。

「這種紙上談兵的言論，隨你高興要說多少都無所謂，不過這次的奇襲作戰是我們叛亂軍目前唯一能辦到，也是最有可能攻陷要塞的機會。」

能趁聯合軍因為竣工慶典而歡欣鼓舞時出其不意的機會可是相當罕見。

另外，在這之前他們搶到二十五架高性能ＭＳ「舒巴爾茲．格萊夫」這回事也被當成這是進攻良機的判斷依據。

「話是這麼說——」傑克斯開口否定對方：

「你們缺乏情報這點是不爭的事實。」

對方無法否定阿爾緹蜜斯的判斷實在太天真了。

其中可以舉出兩處重大失誤。

他們並沒有設想特列斯率領的特務部隊趕到戰場時的情形。

也沒有把敵軍會使用還沒完成的巴爾吉砲這點納入考量。

「不過我認為最大的敗因，就是明明準備不足卻不顧這點，硬要攻陷要塞的叛亂軍高層。」

叛亂軍的確陷入慢性的戰力不足狀態，但這也是無可奈何的事。地球圈統一聯合軍的戰力就是強到這種壓倒性的程度。

這一點傑克斯也很清楚。

「碰到這種情形，區區二十五架格萊夫不可能滿足要求。如果戰力不足，就得從敵人那邊搶更多過來……我認為這可不見得是空談。」

坎斯沒能立刻反駁他。

傑克斯也沒有理他，繼續說下去：

「話雖如此，這也不過是單純思考『戰爭的勝利條件』的情形。若是特列斯教官，他的思考方式應該會更偏向其他方面吧。」

特務部隊的奇美拉隊是由自己過去的同僚們搭乘。

露克蕾琪亞．諾茵應該也在那個戰場上吧。

「我認為，如果你當場啟動『ＺＥＲＯ系統』，就能補足我們情報的不足還綽綽有餘呢。」

坎斯很不服氣地表示。

上次那個啟動單元一直都插在艦橋的電腦上。

坎斯在戰鬥開始前就發出「做好隨時都能啟動的準備」這項指示。

「當然我會尊重你的意願，只要你想就隨時都可以啟動。」

他還把艾因的傳言原封不動地添上去。

雖說這是理所當然，不過傑克斯並沒有啟動它。

坎斯用責備的語氣說：

「你確信你的判斷嗎？你有沒有想過那座要塞完成以後，殖民地的市民們會有多麼痛苦？」

「……」

「也可以說，你要為我軍的戰敗和同胞的死亡負責。關於這點你怎麼想？」

若論可能性，那他也無法否定特列斯或諾茵等人都可能在那個戰場上陣亡。

如果基於否定在宇宙戰鬥這種行為本身的立場，或許他應該啟動「ＺＥＲＯ系統」來摸索迴避這種情形的方法。

傑克斯再度轉向一直盯著自己看的坎斯。

「可以啊。」

他毫不畏縮地用尖銳的眼神反瞪對方：

「就把這些都當成是我的錯吧，我想這筆債，我總有一天會償還。」

他的態度堂堂正正到會令人懷疑他哪來這樣的自信。

日後，傑克斯自稱米利亞爾特．匹斯克拉福特並駕駛搭載「ＺＥＲＯ系統」的「次代鋼彈」，率領殖民地的革命鬥士軍「白色獠牙」攻陷了宇宙要塞巴爾吉。

＊

傑克斯和艾爾維受命整備返航的兩架「舒巴爾茲．格萊夫」。

說到ＭＳ整備這方面，他們倆比隸屬叛亂軍的任何整備兵都更優秀。

「感覺怎麼樣？會害怕嗎？」

艾爾維宛如在撫慰漆黑機體的辛勞般，一邊撫摸一邊對它說話。

傑克斯明白他擺出一副怪叔叔模樣來撫摸機體的心情。

他整備的是阿爾緹蜜斯駕駛的機體。

「你打了一場很辛苦的仗呢。不過你們都很棒，因為你們都漂亮地生還了。」

傑克斯在艾爾維隔壁默默進行整備作業。

「好乖好乖，好孩子……我現在馬上把你修好喔。不，應該說我會調整你，這樣一來你的狀況搞不好會比出擊時更棒。」

「你看起來就像在對自己養的狗說話啊。」

「我老爸很喜歡小狗，這或許是受到他的影響吧。」

「這樣啊。」

艾爾維的父親戴高．奧涅格將軍就是進言必須侵略山克王國的人，同時也是把王國逼到滅亡的罪魁禍首。

艾爾維似乎看出傑克斯的表情很陰鬱，於是立刻從他父親的話題中抽離。

「那你又怎麼想呢？你討厭小狗嗎？」

傑克斯的腦海裡浮現那個銀色狗頭浮雕的眼睛。

就是艾因．唯的拐杖上的那雙眼睛。

面對沒有馬上回答的傑克斯，艾爾維說道：

「哦，是這樣啊。你應該沒有什麼喜歡的動物吧？因為你不但討厭別人，也同樣討厭自己啊。」

「……」

或許真是這樣吧。不，應該說傑克斯擺出了即使會被艾爾維這樣看也無可奈何的舉止才對。

即使是對自己有好感的露克蕾琪亞，傑克斯也只會用這種態度面對她。

經過幾個鐘頭的作業後，機體都整備完畢了。

有位身材瘦削的女性走下階梯來到這個位置。

「已經結束了？真了不起啊。」

那是阿爾緹蜜斯。

她手上拿著能讓這兩個人的太空服自爆的開關。

「如果我先前有這種東西，那就強迫你們做為格萊夫的駕駛員，跟我一起去就好了。」

「我們會拒絕。我們可不是那種能和過去同伴互相殘殺的職業士兵。」

艾爾維說道。

「如果有必要，妳現在馬上按下開關如何？妳以為能靠那種裝置隨心所欲地操控別人嗎？」

他這樣說，一邊向傑克斯使了個眼色。他似乎以為如果目標是個女性，他們兩個一起上就能把那個裝置搶過來。

「你說是吧，傑克斯？」

「……住手吧。」

傑克斯低聲說道，同時還嘆了口氣。

阿爾緹蜜斯輕笑了起來：

「正如他所說，還是住手比較好喔……你們一起上也打不過我啦。」

光看那輕巧的架勢，就能馬上看出她根本毫無破綻。

「和駕駛ＭＳ相比，我更擅長肉搏戰。」

阿爾緹蜜斯過去曾在「風暴洋會戰」中直接衝進月面戰艦「薩吉塔里烏斯」的艦橋裡，並瞬間就壓制所有聯合軍的士兵。

「我可沒那種打算。」

傑克斯一邊制止艾爾維一邊說：

「不過如果妳想把我們當成駕駛員來運用，我希望可以選擇交戰對手。」

不論是傑克斯還是艾爾維，都不想和特列斯率領的特務部隊交戰。另一方面，若是要他們以現在的心情和統一聯合軍對戰，就能毫不猶豫地上陣了。

阿爾緹蜜斯露出迷人的微笑：

「說得也是，雖然沒辦法盡如人意，不過我會嘗試努力一下……將來總有一天會不需要這種裝置了吧。」

AC-187 SPRING

過去在位於月球「風暴洋」西部的「馬里烏斯丘」上，曾有過隸屬地球圈統一聯合軍的資源採掘廠和兵工廠。

但是聯合宇宙軍的密里昂・里德爾哈特將軍卻用月面戰艦「薩吉塔里烏斯」和「肯陶洛斯」的主砲對被占領的工廠發動砲擊，將那些工廠徹底摧毀了。

現在那裡成了無人廢墟，也完全沒有要重建的跡象。

在這一年的年初，雖然聯合這邊決定廢棄這座工廠的舊址，但叛亂軍的技術人員們並沒有放棄。

他們設法避開監視衛星的攝影機，從地下礦脈中採掘了大量月球鈦合金和少量的GND原石。

所謂GND原石本來似乎是撞擊月球表面的隕石的一部分，其中包含了未知的星際物質。

將這種原石和月球鈦合金在無重力狀態下進行分子合成，就能製造出在電氣上具備中性特質的「鋼彈尼姆合金」——「Genetic on Universal Neutrally Different Alloy（在電氣上具備中性異種構造的宇宙製合金）」。

只要把這種合金用在外裝以及武器、驅動類零件上，就能製造出名為「鋼彈」的MS了。

傑克斯與艾爾維被轉移到位於月球「雨海」西北部的「虹灣」。

這裡有叛亂軍的新型ＭＳ開發工廠，而他們倆就受命在那裡擔任以格萊夫改良型為首的形形色色原型機的測試駕駛員。

這是阿爾緹蜜斯所想出來，最能有效活用傑克斯他們的方法。

雖說「虹灣」有幾乎完全平坦的寬廣大地，他們的開發工作人員卻很大膽地把實驗設備和跑道設在北部的懸崖上。

那裡剛好位於聯合宇宙軍的監視衛星移動軌道上，一般來說應該馬上就會被發現才對。

然而設施上空張開了強力的ＥＣＭ（電子干擾）防護網，並且他們就在施加月面迷彩的圓頂遮蓋下進行ＭＳ開發。

即使要目視確認，但只要沒發生什麼太過異常的狀況就不會被發現。

參與研究開發的科學家共有五位。

杰伊・努爾、Ｄ・Ｄ、魔女、亨利・菲爾和吳王龍。

他們的目標是完成鋼彈尼姆合金製ＭＳ，於是強迫駕駛員們一邊打實戰一邊進行十分嚴酷的模擬測試。

由於這些要求實在太過殘酷，導致至今為止的測試駕駛員們不是死亡就是半身不遂；開發作業也有如老牛破車，遲遲沒有進展。

然而在傑克斯與艾爾維到任之後，開發進展的狀況就一口氣好轉了。

他們優秀的駕駛技術不斷凸顯原型機的缺點，並持續提高其完成度。

光是這種表現就讓叛亂軍的科學家們十分佩服，認為他們倆真不愧是ＯＺ特務部隊的王牌駕駛員。

尤其是艾爾維的駕駛技術堪稱如有神助，只要他一搭上ＭＳ，就宛如在評價真正穿上「訂做的洋裝」般，指摘機體各處的缺陷。

艾爾維在新型機的駕駛艙裡大聲嚷嚷：

『亨利教授！左臂的驅動有奇怪的震動喔！還有，能源增幅的上升也不夠順暢！就像是在不斷咳嗽時出現空檔後，突然緊急爬升，這樣出動時會很誇張地摔個大筋斗啊！」

亨利一邊竊笑了幾下後回答他：

「知道了，實驗體1號。」

他們不論是對艾爾維還是傑克斯，都不會用個人的名字來稱呼。

他們替這兩人冠上測試駕駛員1號、2號這樣的稱呼，根本就沒有將對方當成人看待。

「我很清楚你最信賴我啦，不過那架機體是魔女負責的喔。」

艾爾維駕駛的機體後來被稱為「普羅米修斯」。

該機體不但渾身裝滿重火器，魔女還計畫要更進一步讓它手持巨大十字架型重機關砲。

另外，臉部露在外面的頭部主攝影機也使用了和里歐同型的產品。

這時魔女已經沒有男扮女裝的興趣。如果要問理由，他也只會說「我玩膩了」，然後就不許別人再追問。

他用冷淡的口氣對艾爾維說：

「我是天才科學家魔女。你駕駛的機體並不追求一般士兵也能運用的泛用性，所以多少有點怪癖。你就靠自己的技術來補足這個部分吧。」

『這樣的話，找測試駕駛員來根本沒意義啊！別說那種亂七八糟的話啦……這樣不管有幾條命都不夠用！』

「對我們來說，只要能獲得數據就夠了。還有你根本就搞錯了，我並不是設計成人類在操縱機器才會動，而是機器在操縱人類。」

雖說這段話聽起來十足瘋狂，但是鋼彈尼姆合金製的ＭＳ就潛藏了能讓人這樣說的魔性魅力。

傑克斯和艾爾維並未被告知這架ＭＳ原型機是鋼彈尼姆合金製的機體。

這兩位駕駛員也沒有刻意追問這件事，只是順應對方的意思，淡然地反覆進行性能測試。

這次傑克斯駕駛的是由Ｄ．Ｄ開發，名叫「魔王」的四足步行機體。這是一架被特化成高速移動用的機體。

這架機體後來被稱為「魔法師（Warlock）」。

吳王龍一邊將它顯示在螢幕上，一邊對D．D說：

「鑽石教授……實驗體2號毫不困難地開得很熟練了。『魔王』應該可以說是完成了吧？」

「還不行！」

D．D使勁搖動那頂著頗具特徵的髮型的大頭：

「杰伊那傢伙開發出了能變形成飛行型態的機型！那傢伙還無法放下他對『雙足飛龍』的執著啊！」

D．D對杰伊．努爾的競爭意識比其他任何人都高：

「如果他都做到那個地步了，我也要製造出變形機體！我要讓魔王變形成『冥界的大魔王』！」

這些科學家彼此競爭的態度，正是他們之所以能造出具備必要以上的高規格機體性能的MS的一大要因。

而拜獲得了能幹又服從的理想測試駕駛員這一點之賜，也讓他們更能卯足全力開發。

就在此時，杰伊．努爾正嘗試破解「ＺＥＲＯ系統」的單元盒的密碼保護。

他想設法和重新啟動的ＡＩ「沙姆」重逢。

如果能將它裝進ＭＳ原型機裡，那該機體就能獲得和過去希斯．馬吉斯（卡蒂莉娜．匹斯克拉福特）駕駛的「雙足飛龍」一樣的功能。

最近他之所以想到要讓自己設計的ＭＳ具備可變形成飛行型態的功能，就是因為他看到了這個單元盒。

杰伊從傑克斯那裡拿到它之後，就把內部資料複製後再立刻還給他。

這樣一來他也能在自己的電腦上破解其密碼保護了。

「我無論如何都會讓它復活給所有人看……這是對希洛與湯瑪斯的補償啊。」

開發該程式的湯瑪斯．卡蘭特和殖民地指導者希洛．唯是杰伊學生時代的朋友。

兩人都在壯志未酬的情形下去世了。

「還有『閃電女王』……我該為妳的眼眸乾一杯不是嗎？」

堪稱偶像級存在的卡蒂莉娜・匹斯克拉福特現在也已經不在世上。

對杰伊來說，「沙姆」本身就是他青春時代的回憶，因此他對「ＺＥＲＯ」的執著也是其他科學家完全無法相比擬。

然而即使是像杰伊這樣的天才技術人員，也不可能破解密碼保護。

「說起來，這個密碼和保全系統本來就是我裝的啊！」

在十七年前的ＡＣ１７０年時，宇宙巡洋艦「夏伍德」被擊沉了。

如果當時杰伊立刻動手修理，那麼不論「沙姆」還是「ＺＥＲＯ系統」都還有可能復活。

然而就在這個可以說是最糟的時機發生了事件。

以殖民地獨立為目標的坎斯，他不知道從哪裡找來了根絕戰爭用程式「完全和平程序Ｐ・Ｐ・Ｐ（Perfect Peace Program）」，並將它送進地球圈統一聯合軍裡。

而事前就發現這項行動的殖民地指導者希洛・唯和其外甥艾因・唯，便委託杰伊封印這個程式。

杰伊為了完全封鎖「Ｐ・Ｐ・Ｐ」，就利用「ＺＥＲＯ系統」完成了自我學習成長型保全系統。

同時那也成了把「ＺＥＲＯ系統」本身封印的形式。

即使現在回想起來，連杰伊自己也搞不清楚為何能作出那麼完美的保全系統。

目前他已經利用Ｖ０８７４４殖民衛星上的量子電腦成功將配對中的「Ｐ．Ｐ．Ｐ」與「ＺＥＲＯ系統」分離。

再來只要單獨啟動「ＺＥＲＯ系統」就行了，然而……

「嘖，可惡！我還是只能去拜託那個馬爾提克斯的兒子幫忙啊！」

這個只有祈願和平的家族才能解除密碼的程式，堪稱固若金湯。

而且這個還在不斷成長的保全系統，其能力已經遠遠凌駕在製作它的杰伊之上了。

「馬爾提克斯，我實在是瞧不起你啊！結果你還是什麼都沒能保護！不論是心愛的女人，自己的國家還是和平！」

焦急的杰伊用左手的義肢抓起電腦鍵盤，使勁摔了出去。

＊

那一天，傑克斯・馬吉斯駕駛著「魔王」在「虹灣」的最外圍持續奔跑。

美麗的藍色地球從北邊的地平線上露了個臉，太陽則是浮在幾乎快到正上方的位置。

當他來到位於海灣前端的赫拉克利德海角時，和聯合宇宙軍的奇美拉（里歐Ⅲ型）部隊碰個正著。

這支奇美拉部隊是由二十架組成的小隊編制，隊長機則是一架里歐的最新Ｖ型「尼米亞」。

部隊在廣大沙漠的正中央紮營，有四架機體分站四角負責警戒任務。

「魔王」的匿蹤功能堪稱完美。

傑克斯潛藏在人稱「比安奇尼Ｇ」的環形山裡，持續截聽稍事休息的奇美拉部隊的通訊。

看樣子，他們是因為在做行軍演習，才會出遠門跑到「虹灣」。

『隊長……北方大約一百五十公里的位置發現廣範圍的熱源反應。』

在混著雜訊的通訊中，有道無法置若罔聞的報告。

『不會是叛亂軍的前線基地吧？』

那個地點被發現了。

隊長機「尼米亞」似乎使用特殊通訊線路，完全聽不到他的聲音。

接下來就聽到似乎是副隊長的聲音。

『雖然不是到不了的距離，不過如果那裡真的是前線基地，光靠我們小隊很難對付吧。』

『那就先派出斥候，等到標定確實的位置之後再向本部報告如何？』

傑克斯立刻下定決心。

如果這樣坐視不管，聯合宇宙軍就會發現開發基地的全貌了。

他向負責「魔王」的D．D報告並確認行動。

「遭遇敵機，現在開始發動攻擊。」

『等等，實驗體2號！「魔王」身上沒裝飛彈啊！砲筒也只是單純的裝飾！』

「我有白色獠牙（White Fang）！」

傑克斯與「魔王」從「比安奇尼G」裡一躍而出。

二十架奇美拉的駕駛員由於遭到奇襲，而慌張地大聲喊叫。

他們看不見敵人的模樣。

里歐型的視野並不包含腳邊。

另外，由於軀幹驅動的瞄準設定有時差，既然如此，那自然無法應付在低處高速移動的「魔王」。

僅僅一瞬間，就有全隊一半的十架機體在接近戰中淪為「魔王」的餌食。

尖銳的白色獠牙撕裂奇美拉背部的發動機，令其爆炸。

傑克斯十分清楚奇美拉的弱點在哪裡。

剩下的十架機體發射了中距離砲。

「魔王」宛如穿針眼般衝過了這波閃光。

它一口氣衝進奇美拉集團中，再度和敵方打起接近戰。

裝在機體兩脅的自動平衡裝置陸續咬碎敵機。

不過幾分鐘，奇美拉小隊就全滅了。

陽光灑在「魔王」的背上，讓它的影子在沙漠上延伸。

這架四足步行的機體看起來宛如挺立在沙灘上的猛犬。

駕駛艙裡的傑克斯調整了稍微凌亂的呼吸。

月球表面的戰場上一片寂靜。

他突然聽到遠處傳來波濤聲。

「『虹灣』應該不會有海浪的聲音啊……」

他環顧眼前這一片沙漠。

然後又想起艾因拐杖上的那個銀色狗頭浮雕上的那張臉。

——我和你還是碰面了……這還真是種既奇妙又不可思議的「宇宙因果律」啊。

他不懂為什麼現在會想起這句話。

他覺得螢幕中映出的沙漠上，似乎看得到人影。

他心想這八成是幻覺吧。

那個人影並沒穿上太空服，而且還帶著一隻狗。

傑克斯終於打開了封鎖自己記憶的層層門扉。

他以前看過這副光景。

那是他小時候在山克王國灣的海岸，和父親一起散步的記憶。

在清晨寒意侵人的沙灘上，他們帶著一隻名叫「斯培德」的狗。

年幼的自己一邊在沙地上舉步維艱，一邊拚命追趕父親的背影。

父親留的長鬍鬚和長髮在海風中飄揚。

斯培德回頭對著這邊叫了一聲。

他覺得對方好像是在對自己說：「走快點！」

但當自己趕上時，斯培德卻露出順從的眼神，還親熱地舔了他的臉。

而當舔過癮後，就率直地仰望身為其主人的父親。

「那我們走吧，四世。」

剛開始他以為那是在說自己。

年幼的自己還不知道山克王國的王室已經傳了幾代。

「我說的不是你喔，米利亞爾特。」

父親說完還笑了：

「我說的是斯培德……從初代算起的話，這傢伙是第四隻。」

「其他三隻呢？都死了嗎？」

「沒錯。」

「好可憐……」

「凡有生者必定會死，沒必要同情牠們。」

「……可是——」

「我和你也遲早會死……問題是在這麼短的時間以內，自己做了什麼。」

「要做什麼都行嗎？」

他提出了很單純的問題。

父親並不想提倡和平主義，也對王室沒有任何期望。

「誰知道呢……你得自己決定自己的人生。」

當天下午，山克王國就遭到地球圈統一聯合軍襲擊，首都在僅僅一天之內就淪陷了。

那時是AC182年，米利亞爾特．匹斯克拉福特才六歲。

駕駛艙的螢幕上的確映出了站在月面沙漠上的人影。

不過對方有確實穿著太空服。

也沒有帶著小狗。

沿著足跡往起點看過去，就看到了駕駛艙艙門打開的隊長機「尼米亞」。

傑克斯調整螢幕將人影放大。

那是他認得的特務部隊用太空服。

「開隊長機的是OZ的士兵啊……」

考量到新型的「里歐V型」被交到對方手上，這情形也是理所當然。

宛如波濤聲的白噪音（註：指通訊週波數沒調整好時發出的噪音）在頭盔內側響

起。

在這股噪音的間隙中參雜著少女的聲音。

「是特務部隊的『OZ專線』……」

傑克斯開始調整通訊週波數。

這是雖然只能在狹窄地域使用，卻不會被任何干擾電波妨礙的特殊通訊線路。

「傑克斯……是你沒錯吧？」

通訊頻道裡傳來了十分清晰的少女聲音。

這是個聽起來令人相當懷念的聲音。

傑克斯「呵」地笑了一聲之後發問：

「妳怎麼知道是我？」

『我怎麼可能忘記你的戰法。』

穿著太空服的少女就是露克蕾琪亞·諾茵。

她邁步揚起沙塵，就算直接用肉眼確認也能看到她在只有地球六分之一的重力下蹦蹦跳跳地衝過來。

「露克蕾琪亞，妳好嗎？」

螢幕上映出了現在也喜極而泣的露克蕾琪亞的那張臉。

『是，傑克斯……我們有一百八十二天沒見了。』

傑克斯檔案1（下篇）

——潘朵拉之盒還沒被打開——

從月球看到的地球大小，大約是從地球看到的月球的四倍。

傑克斯和露克蕾琪亞分別駕駛「魔王」與「尼米亞」，以有半圓形的龐大地球露頭的地平線為目標，一路趕向位於「虹灣」的ＭＳ開發基地。

這是為了決定露克蕾琪亞今後的待遇。

是讓她當叛亂軍的俘虜呢？

還是和傑克斯一樣成為測試駕駛員？

他的選項中並沒有當場放人，讓露克蕾琪亞回聯合宇宙軍基地。

「露克蕾琪亞，妳已經是夠格開隊長機的大人物啦。」

『我不過是個裝飾品啊……和穿著新生產服裝的人型模特兒其實也沒兩樣。』

駕駛艙的揚聲器裡傳來她聽起來頗為寂寥的聲音：

『我是個內心空空如也的女人。』

「是這樣嗎……」這話說完，傑克斯就再也說不下去了。

要賣兵器的話，就必須經過宣傳。

既然OZ靠開發並販售MS來獲利，那麼她會被賦予這種職責，或許也是無可奈何的事。

透過螢幕看到的露克蕾琪亞臉上，掛著空虛的微笑。

這副表情給人的印象與其說寂寥，倒不如說是已經接受命運而死心了才對。

或許變成人形模特兒就是自稱「討厭戰爭」的她，美夢成真後的結果吧。

傑克斯是這樣理解。

隨著時間過去，雙方一直保持沉默。

在無聲的黑暗中浮現的地球，滿溢著崇高的光輝。

可以看到籠罩這片月海的大理石花紋形雲朵緩緩捲成了漩渦。

『好美啊……美到我都覺得是不是就這樣不回地球去了。』

傑克斯平靜地答道：

「地球很美，但這種美不從宇宙看，是看不出真正美在哪裡的。」

因此住在宇宙的人們才會那麼熱愛地球。

殖民地市民們十分討厭讓這種堪稱奇蹟的環境持續惡化的地球居民，尤其地球圈統一聯合軍更是惹人厭。

不，應該說，不論是隸屬哪裡或派駐在哪裡，凡是發動戰爭的人都會遭到他們無止境地憎惡吧。

傑克斯說出他的想法：

「戰爭會破壞一切，不論是建築物、環境還是人心都一樣；所以絕對不能開打。如果沒有武器這種玩意兒更好。」

『可是我們根本沒有徹底根絕戰爭的方法啊。』

「有一個方法。不，應該說好像有才對。」

說出這句開場白後，傑克斯把被交託到自己手上的「潘朵拉之盒『ＺＥＲＯ系統』」的概要說明給對方聽。

這是能收集所有情報並預測未來的裝置。

遲早有一天，必須把它轉交給特列斯。

和艾因．唯以及匹斯克拉福特家有關的部分，他就不動聲色地含糊帶過，也附帶說明了只有自己能解除密碼鎖這件事。

露克蕾琪亞聽到特列斯的名字出現，應該會覺得很意外吧。

『看來叛亂軍裡也有怪人呢……為什麼要把那個裝置交給身為敵人的特列斯教官呢？』

不論是誰都會對這點感到疑惑吧。

「……他應該是想不分聯合或叛亂軍，讓地球圈的所有人類都能邁向和平。」

『雖說這個想法本身很好，但要真是這樣，他就應該不是讓傑克斯你當什麼測試駕駛員，而是現在就馬上放人不是嗎？』

「那是——」

和妳一樣，這是我自己期望的結果。

——他正想這麼說時，就接到杰伊．努爾的緊急聯絡。

『聯合宇宙軍有動作了，他們似乎想對「虹灣」展開地毯式轟炸。』

「對方的動作比我想得更快啊。」

傑克斯把里歐小隊打成完全失去戰力，不過是幾個鐘頭前的事。

『他們平常都只是瞎猜，但看樣子這次卻歪打正著了。』

這句話他就不能盲目聽信了。

即使是在聯合軍裡，也並非完全沒有優秀的人才。或許這次對方就有人能從一些微不足道的線索中推測出基地的位置。

傑克斯的胸口因為某種說不出來的不妙預感而隱隱作痛。

杰伊沒有理會他，而是自顧自地說下去。

『我們會放棄這座基地，暫時到L-1殖民衛星去避難。雖然「卡達利那」下面還有另一座基地，但在事態沉靜下來之前，還是暫時先看看情況吧。』

「卡達利那？你是說環形山嗎？那裡離『寧靜海』不是很近嗎？」

『沒什麼啦，俗話說「燈下黑」不是嗎？』

「但是……」

傑克斯對自己無法看透的未來感到焦慮。

目前他完全想不出半個能解決問題的辦法。

「我們沒辦法反擊嗎？會變成這樣都是我的錯啊。」

『剛剛我已經派出ＭＳ運輸船去接你了。別打什麼迎擊的歪主意啦！給我確實把新的實驗體和新型里歐的「尼米亞」帶回來！』

杰伊單方面說完這番話後，就把通訊關掉了。

前方的方位可以目視確認到有光點正在接近。

傑克斯發現那就是剛剛杰伊說的ＭＳ運輸船。

已經沒剩多少時間了。

「露克蕾琪亞……」

他一邊把剛剛提到的那個單元盒安裝到駕駛艙控制面板的下半部，一邊叫出露克蕾琪亞的名字。

「我有事要拜託妳。」

『什麼事？我不覺得現在的自己還能做什麼啊。』

「我現在就解除它的密碼鎖，然後希望妳能把這個帶回地球給特列斯教官。」

『我拒絕。』

露克蕾琪亞立刻就回答了。

『即使我是個空空如也的女人，但也不想當潘朵拉。』

她這次用聽來真的很寂寥的聲音說道。

或許在她看來，潘朵拉是個既悲哀又愚蠢的女人吧。

露克蕾琪亞為了不讓別人聽見，就在自己心裡喃喃自語。

——好不容易重逢，我就不想再和傑克斯分開了……

＊

前往位於月面「寧靜海」的聯合宇宙軍基地赴任的柯蒂莉亞·菲茲傑拉德准尉

是個剛從軍官學校畢業的紅髮少女。

她擁有既清秀又光彩奪目的美貌，其魅力不但讓她被周圍的人冠上「大小姐(Maiden)」的綽號，還獲得宛如吉祥物般的寵愛。

但是柯蒂莉亞對這個綽號和自己在基地裡受到的待遇感很不滿。

「我是『淑女(Lady)』。」

她總是把這句話掛在嘴邊，並發揮天生的優秀才能帶頭完成各種實務，一口氣大幅提升自己在基地裡的評價。

自她赴任以來還不到一個月，臉上就再也看不到什麼清秀，而是成為一個能認真履行職務的優秀軍人；同時她還自行戴上眼鏡，表現出「冷峻」的形象。

她的頭腦有多靈光，只以在軍官學校中跳級的頂尖成績尚無法表達。

她光是坐在管制官席上就能交出精緻又明確的報告，甚至會讓人懷疑她是不是只要坐在那裡，就能掌握月面上的所有情況。

另外，她還具備了能在上司接到其報告而產生迷惑時，以不動聲色的引導輔佐對方，並且在對方將要做出錯誤決定時提出適當的建議，讓上司想要修改其想法的一流口才。

甚至還進一步當起了能提高全基地人員幹勁的氣氛營造者。

這次對「虹灣」展開地毯式轟炸也是出於她的提議。

這並不是瞎猜，而是經過冷靜觀察狀況後得出的結論。

若要問在月面展開行軍演習的里歐小隊之所以會被不明ＭＳ擊潰的理由，在經過幾百次模擬之後得出的結論就是「那附近有叛亂軍的基地」。

而她值得大書特書的優秀程度，從故意把對「虹灣」展開地毯式轟炸的情報洩漏給叛亂軍這點就能充分表現出來。

如果那附近什麼動靜也沒有，就依照預定中止轟炸；但正如她所料，可以確認有幾艘小型艦艇要脫離月面的跡象。

雖說以基地級的撤離標準來看數量未免太少，但也不排除對方擁有具備匿蹤功能的大型運輸艇的可能性。

結果進行地毯式轟炸後，在「雨海」西北部被認為是開發基地的位置發現了實驗設備的殘骸。

要說叛亂軍的鋼彈尼姆合金製ＭＳ的開發工作之所以會延遲，完全都是這位名叫柯蒂莉亞的前線管制官害的也不為過。

後來她遇見特列斯．克修里納達，就加入了ＯＺ特務部隊。

當柯蒂莉亞遇見特列斯時，特列斯這麼說：

「妳的名字太優雅了，簡直像是蒙哥馬利的小說裡的角色啊。」

在露西．莫德．蒙哥馬利的小說《清秀佳人》中，主角「安．雪麗」因為嫌自己的名字太過平凡，所以在幻想中替自己取了個叫「蕾蒂．柯蒂莉亞．菲茲傑拉德」的名字。

特列斯是這樣說的：

「我最清楚妳是個淑女，所以我想不用『柯蒂莉亞』而用『安』來稱呼妳應該是最適合的吧。」

一聽到對方這麼說，她就高興地把自己的名字換成了樸素的「安」。

而她就是後來擔任ＯＺ的實務主管，特列斯幹練輔佐官的「蕾蒂．安」二級特校。

AC-187 April 07

在L-1殖民衛星的醫療設施。

通稱「醫療中心」。

這裡可說是目前地球圈的醫療巔峰。

這裡集合了最尖端的醫療技術，不論是宇宙中的生育問題還是「殖民地感冒」的疫苗等都是這個機構解決的。

亞汀·羅和其兒子小亞汀正在特殊隔離候診室等待看診的叫號。

幾天前，小亞汀出現了暈眩和輕微發燒的症狀。

剛開始小亞汀還說「這點發燒不要緊」這種話來拒絕就醫，但亞汀以一句「小鬼沒有選擇的權利」就不理他的抗拒了。

因為兩人都沒接種疫苗，所以有可能是得了「殖民地感冒」。

話說這對父子在逃離宇宙要塞巴爾吉之後，就在多處殖民地輾轉往來並接受形形色色的任務委託。

亞汀雖然帶著小孩，但他在這半年間所殺的人用一隻手都數不完。其中包括地球圈統一聯合政府的要人，也有前叛亂軍的士兵，甚至連在黑社會的抗爭中逃離後躲藏起來的黑幫幹部都有。

他既不信奉什麼主義也沒有什麼主張，只要有人來委託，不論目標是誰都能暗殺；只有女人和小孩是例外。

亞汀雖然很努力不讓小亞汀知道自己是做這一行，但還是很快就被發現了。

當亞汀問出「你是怎麼知道的？」這句話時，雖然年幼但已經見過很多人死去的少年平靜地開口說：

「你半夜會說夢話。」

「那怎麼可能。」

「……我騙你的。」

「別戲弄大人……還有，別再用『你』來稱呼我，我可是你的『爸爸』。」

「我拒絕……我還沒有不幸到非得稱呼你這種人為『爸爸』的地步。」

要一個自由狙擊手一直帶著小孩旅行，這件事近乎不可能。

「那就算只是假裝成父子也行。我可是你的衣食父母，就憑這點讓步，應該可以吧？」

「既然如此，那麼捨棄我也無所謂……反正我也不在乎。」

亞汀實在不知道該如何和這個永遠無法對自己打開心扉的兒子相處。

「到底要怎麼樣，你才肯接受我的條件？」

「教我生存的技術。」

小亞汀的眼神是認真的：

「那就是你和我締結契約的條件。」

亞汀嘆了口氣，同時點點頭：

「……好吧，契約成立。我會把我的技術統統教給你。」

（不過我可不打算把你培養成殺手。）

亞汀如此在心裡低語。

這也是他對已經去世的葵．克拉克立下的誓言。

兩人在候診室等了一陣子。

「我討厭消毒水的臭味。」

由小亞汀先開口講話的情形可說相當罕見。

「我們為什麼來這裡？」

「當然是為了治好你。」

「我問的是真正的理由。」

亞汀「呵……」的一聲笑了出來。

他一邊在嘴裡叨唸：「真是的，直覺真靈敏。」一邊老實地說明起來：

「有三個理由……第一是和平常一樣的工作委託，第二則是來這裡丟掉你。」

「第二個理由也和平常一樣吧。」

「呵呵，別這麼說嘛。」

當亞汀笑著這樣說時，傳來了另一個活潑開朗的女性聲音。

「讓你久等了。」

兩人一回頭，就看到一位身穿白衣的中年女性站在眼前。論年紀，應該和亞汀差不多。

別在她胸前口袋的名牌上面寫著「Doctor Catherine Po」。

「嗨，凱薩琳……」

「好久不見了，亞汀……聽說你還在做危險工作時，我嚇了一跳呢。」

「還好啦……」

「雖然我不是葵，但我想你也差不多該考慮退休了……」

亞汀用沉重的語氣開口說：

「葵已經死了……」

此話一出，讓凱薩琳完全掩不住臉上的驚訝：

「咦？可是我聽說她再婚了啊……」

「我順便提一下，不是再婚而是新婚；而且她也沒從特工這一行引退，那次結婚只不過是一項任務。」

「那是什麼時候的事？」

「半年前。在巴爾吉要塞可是發生了不少事。」

「……」

「她的丈夫塞斯．克拉克技師長也在同一天死了。」

凱薩琳似乎察覺了什麼，她瞪大眼睛把視線轉向少年那邊。

「莫非，這孩子就是葵的兒子？」

「是啊，沒錯。」

「眼睛和她很像呢。」

小亞汀宛如要避開凱薩琳的視線般，擺出一副很不高興的冷漠表情，將臉轉向旁邊。

「那麼，你就因此收養了這個孩子是吧？」

「就結果來看是這樣。」

亞汀一臉歉意地低聲繼續說：

「凱薩琳，能不能看在我們是老交情的份上幫個忙？」

她也配合他低聲開口：

「我只是替你介紹委託人啊。說到底，你不想想葵解散隊伍以後都過了幾年？會惹麻煩的事，我可敬謝不敏。」

「沒什麼大不了，我只是想把這孩子暫時寄放在這家醫院裡。我帶著孩子就沒辦法做這次的工作了啊。」

「如果就這點事……嗯，我也不是幫不了。」

小亞汀很不滿地開口說：

「我沒有選擇的權利嗎？」

「這也在契約規範以內喔。」

亞汀一提到契約，小亞汀就無法反駁了。

「你就以『殖民地感冒的患者』這個身分住院吧，這可是『非強制任務』。」

「……收到。」

芬戴特・克修里納達就在這棟殖民地病毒隔離醫療大樓裡。

安潔莉娜則在位於稍遠處的精神治療區裡長期療養。

而身為ＯＺ實際掌權者的凡恩・克修里納達更是經常來這裡探望母親。

這些人都將宛如命中注定般遇見後來自稱「希洛・唯」的小亞汀。

不過，目前還沒有半個人發覺這件事。

小亞汀正在做最後確認。

「告訴我來這裡的第三個理由。」

「說得也是。第三個理由就是……來掃墓。」

「掃墓？」

「說起來就是在十二年前的今天發生──」

凱薩琳感慨萬千地說道──

「──希洛・唯被暗殺的事件。」

＊

柯蒂莉亞十分焦躁。

L-5殖民地群中，已經陳舊的G-03554已經決定要廢棄了。

所有居民都已撤離，能用的物資也統統回收完畢。

然而在將它移動到地球圈外的墓地軌道（Graveyard orbit）過程中卻出了意外。

由於裝在殖民衛星上的噴射裝置出力不足，導致它脫離拉格朗治點，然後又在地球與月球的重力牽引下回頭移動過來了。

這樣下去，它有可能墜落到地球或月球上。

會掉到哪邊的機率剛好均等，是50％。

要是掉到月球上，會撞出規模龐大的太空碎片群往外飛散，讓鄰近月球的L-

1與L-2殖民地群受到嚴重的二次災害。

而要是掉到地球上，受災範圍更是大到無法預測。

柯蒂莉亞是在昨天接到部下關於這件事的報告。

「是殖民地方的破壞工作嗎……」

剛開始她還有點訝異地這樣說。

心想對方該不會是看準了希洛．唯的忌日，要在這天向地球報復吧？

但實情並非如此。

這其實是聯合軍找來的承包業者裝了粗劣噴射裝置所導致。特別是L-5殖民地群從開始建造那時起就經常引發粗製濫造的狀況，導致那裡的殖民地可用年限和一般情形相比堪稱短得異常。

由於生命線不夠完善，導致失去作為居住空間功能的G-03554殖民衛星也是基於這個原因才被官方決定廢棄。

柯蒂莉亞開始進行綿密的軌道計算，思考迎擊或是改變軌道等方法。

其中最有效的方法，就是用移動要塞巴爾吉的「巴爾吉砲」將G-03554殖民衛星徹底摧毀。

現時如果讓巴爾吉高速移動，在殖民衛星的墜落軌道上嚴陣以待，還有可能辦到這一點。

這樣的話就能將太空碎片的數量減到最低，也沒有必要分散月球基地的戰力。

她立刻向上司提出這個方案。

但上司卻首先以職權範圍不同為理由將這個提議駁回。

「我們是為了對抗叛亂軍而存在。」

柯蒂莉亞拿下了銀邊眼鏡，以含淚的眼神開口向對方懇求：

「我明明聽說聯合軍的存在目的，是為了維護地球圈的安全……原來不是。」

「高層是不可能在這個時候允許妳動用巴爾吉，如果已經確定它會墜落到地球上，那倒還有可能批准這種行動。」

到那時已經太遲了——柯蒂莉亞焦急地心想。

「不過既然是妳提議，那我姑且還是向巴爾吉要塞提出請求吧。不過那裡的司令鐸澤特可是個莫名頑固的傢伙喔。」

上司這句話其實是在暗示「妳還是死心比較好」。

柯蒂莉亞重新帶好銀邊眼鏡說：

「如果真是如此，那也沒辦法。」

過度膨脹的地球圈統一聯合軍就組織的層面來說，已經出現即將無可救藥的末期症狀了。

雖然面對局部危機還能迅速應對，但一碰到牽涉全局的廣範圍大災害就暴露出協調不靈的窘況。

各部門的職權都被根本沒用的山頭主義（註：一種小團體主義的傾向。指在處理單位與部門、整體與部分之間的關係時只顧自己，而不顧整體利益的行為態度和心理狀態）給限制了行動自由。

柯蒂莉亞心生一計。

「如果聯合軍不行，那就只能讓叛亂軍上了。」

她要把殖民衛星墜落這項情報洩漏給叛亂軍。

問題是——

「不知道他們是不是有這種實力啊……」

*

凱薩琳和亞汀來到用特殊玻璃製櫃子來保存的殖民地指導者希洛・唯的遺體前，靜靜為他默禱。

這裡是L-1殖民地群「醫療中心」的地下五樓，希洛的遺體就保存在這裡。

在希洛於C-0-1422的翡翠市遭到暗殺的當天，在炸彈爆炸前就發現火藥味的艾因等人認為即使只有遺體也要保全，就將它運到演講會場的地下設施。

但由於稍微遲了一步離開，導致艾因在那場爆炸中受到嚴重灼傷，還失去了右眼與左腳。

希洛很清楚自己已經回天乏術，但他還是被送到醫療中心來了。

當然，並不是為了讓他復活。

但是L-1殖民衛星的醫療團隊還是賭上最後一線希望，為了不讓希洛的遺體腐化而將它保存起來。

不用說，這一點對地球圈統一聯合政府保密，在叛亂軍中知道這件事的人也屈指可數。

「玻璃棺材……哼，這簡直就像白雪公主啊。」

亞汀一察覺奇怪的腳步聲就立刻睜開眼睛，然後發現雙腳和左手都是義肢的杰伊．努爾已經來到自己背後。

「你不覺得很諷刺嗎？我和你約好見面的地方居然是在這裡。」

「那麼，你有何貴幹？」

亞汀裝出一副冷靜的樣子。

杰伊倒是宛如看透了他，露出一臉嘲笑：

「呵呵，放心吧。我並不恨你……這樣你願不願意接受我們的委託呢？」

「若不是凱薩琳介紹，我一定會把你趕回去吧。」

杰伊向凱薩琳道謝：

「是嗎？那還真感謝妳啊，凱西……」

「不，努爾老師，我才應該說謝謝。」

凱薩琳以十分認真的眼神說：

「——『備用品（Spare）』的研究沒有太大進展，實在很抱歉。」

「不用急……論再生醫療的成績，妳可是頂尖，將來一定會成功。」

杰伊背對著亞汀說：

「一個鐘頭後，在07太空機場準備了一架太空梭；你就搭乘那架太空梭去月球的『上達利那』環形山，等你到達那裡，我再告訴你目標。」

「喂，等等。我要駕駛的MS是什麼？里歐還是艾亞利茲？」

「是名叫『原型零式』的白色機體……那架太空梭上就搭載了機體和武裝。我個人是將它們稱為『白雪公主與七個小矮人（Snow White and the Seven Dwarfs）』。」

杰伊一邊「呵呵」地笑著，然後離開了。

「雖然我做這一行很久了，還是第一次被要求開MS去狙擊啊。」

「你會開嗎？」

「多少會一點……不過比起這個——」

亞汀要向凱薩琳確認一件事。

「剛剛你們說的『備用品』，我記得那應該是指複製人沒錯吧？」

「對啊……我們接受了某財團提供的豐沛資金，不過還不知道得再花上幾年才會成功。」

亞汀一邊仰望被保存在玻璃櫃裡的人物，開口說：

「你們連希洛・唯都想復活嗎？」

「已經死了的人是不可能的。」

「那對象是誰？」

「實驗體2號，傑克斯・馬吉斯。」

「那是誰啊？」

「誰知道呢……」凱薩琳聳聳肩並說：

「人家交給我們的DNA樣本上面標明了這個名字。聽努爾老師說，是因為有個無論如何都無法解除密碼鎖的裝置，而這位仁兄好像掌握了關鍵。」

「所以才要製造他的複製人嗎？」

「不過事情真的是這樣嗎……」

＊

杰伊・努爾來到停在太空機場的清潔工集團（民營的宇宙清掃公司）的大型作業船前面。

這就是他們要搭乘的偽裝ＭＳ運輸船。

出來迎接的Ｄ・Ｄ說道：

「『扼殺傳說的男子（狙擊手羅）』……真的可以交給他嗎？」

「他可是地球圈最優秀的狙擊手。如果以他的技術來製作描繪記憶，『白雪公主（Snow White）』就能成為最強的狙擊型ＭＳ。」

「話是這麼說沒錯，可是你也犯不著故意去委託殺了希洛・唯的傢伙吧？」

「他的話，就可以把命中精度提高到小數點單位的程度。如果要完成『巨型步槍』和『短劍型矮星』，我們就需要他的技術。」

「哼，雖說委託人已經夠任性了，但接受委託那邊也差不多啊。」

兩人進入了船內。

清潔工集團的大型船馬上就要起飛離開太空機場，接著遠離L-1殖民地群。

這時，杰伊發現應該在船上的技術人員中，完全看不到吳王龍的身影。

「哦？王龍上哪裡去了？」

「十點鐘方向，L-5方位……他好像被老朋友叫去了。」

「老朋友？你說的是龍紫鈴嗎？」

D．D立刻否定了他的說法：

「是她兒子，名字好像叫『龍獠牙』……王龍那傢伙，擅自把我的藝術品『魔王』帶走了。」

「話說，『始龍』應該就在L-5吧？」

「光是那架原型T（托爾吉斯）好像還不夠啊。」

「那些傢伙到底想搞什麼大場面啊……」

「我們有收到L-5的廢棄殖民衛星要墜落到月球的情報，所以看樣子，王龍他們是打算去修正它的軌道吧。」

性格溫厚的亨利教授以罕見的緊張語氣說著。

杰伊並沒有問「要怎樣用MS來修正殖民衛星的軌道啊？」這種問題。

「他們打算從內部破壞？」

他是這樣推斷，還靜靜地竊笑起來。

＊

亞汀搭乘太空梭後，就開始閱讀原型零式的操作手冊。

他對其中完全沒有說明的「ZERO系統」這個部分很有興趣。

「為什麼只有這裡是空白啊？」

即使他攤開附在操作手冊最後面的設計圖與迴路圖仔細看，那個部分也被做成了黑盒子。

雖說從迴路上的積體電路來看，他可以理解這是一種高性能電腦系統，但完全看不出來這玩意兒到底有什麼作用。

「這下只能實際操作看看了。」

說完這句話，他就邁步走向放在機庫裡的原型零式的駕駛艙。

＊

龍獠牙和吳王龍已經進入G-03554殖民衛星。

這座殖民衛星裡有三層構造，還有以環型連接起來的巨大反射鏡和數量龐大的太陽電池。

行動的第一階段是從內部破壞支柱部分。

他們必須削弱殖民衛星堅固的架構。

「魔王」與「始龍」的性能在這項破壞作業中，毫無保留地發揮出來了。

這裡在瀕臨廢棄之前一直是作為武術家集團的龍家當成修行場所來使用。

不但空氣稀薄，而且重力還不穩定的嚴苛環境最適合用來訓練。

當然他們並沒有妨礙廢棄作業，裝上劣質噴射裝置的也不是他們。

但是他們對於出自L-5殖民衛星的廢棄物給地球或其他殖民地群添麻煩這點，還是覺得必須負起責任。

他們無法坐視自己身為武術家的名聲有汙點。

作業進入了第二階段。

王龍進入了殖民衛星的控制室，陸續切離可以排除的建築物。

獠牙則駕駛「始龍」，在殖民衛星外面開始分解噴出來的重層迴轉軸。

留在殖民衛星裡的「魔王」則由獠牙的雙胞胎女兒蝴蝶與妹蘭駕駛，繼續破壞支柱。

但是在他們這樣做的期間，這座廢棄殖民衛星已經接近月球了。

「差不多到極限了，讓姑娘們撤退吧。」

王龍一臉沉痛地說：

「墜落到月球的機率已經超過75%，不過我設法操縱它墜落到無人的南極了。

這樣應該會製造出新的環形山，並把災害削減到最低限度。」

「飛散出去的太空碎片有多少？」

獠牙以冷峻的武者語氣問道。

「L-1和L-2中，哪邊的殖民地會受害？」

「依照模擬結果來看，應該會有近兩百塊碎片灑落在L-1殖民地群吧。」

「接下來就只能聽天由命了嗎……」

「為了以防萬一，在L-1那邊的拉格朗治點外圍設置了廣範圍緩衝網。放心吧，應該不至於演變成大慘劇。」

「嗯。」

獠牙命令女兒們撤退，所有人駕駛MS一起趕到王龍在等候的運輸艇上避難。

蝴蝶與妹蘭駕駛的「魔王」返航時，在機庫裡的原型托爾吉斯「始龍」已經在進行自動維修了。

兩人都脫掉太空衣，然後登上運輸艇的操縱室。

一進去就能聽到音色令人哀傷的二胡聲。

這個曲調會讓人聯想到靜靜流淌的寬廣大河。

正在演奏這首曲子的是獠牙。

他是個武者這點不容置疑，但同時也是個格外喜愛音樂的文人。

可以感覺到他之所以彈起二胡，是為了安撫自己狂暴的靈魂。

蝴蝶與妹蘭非常喜歡這樣的父親。

兩人都暫時不出聲，陶醉在二胡的音色裡。

運輸艇脫離了G-03554殖民衛星，飛向L-5殖民地群。

*

在位於月球「寧靜海」的聯合宇宙的軍基地裡，為了應付正在接近的G-03554殖民衛星而陷入恐慌。

身為基地最高負責人的克拉連斯將軍對巴爾吉要塞發出了緊急通訊。

「請求現在立刻支援！用巴爾吉砲對G-03554殖民衛星展開砲擊！依照

我們的模擬結果，會墜落在南極點的廢棄殖衛星將產生一千塊以上的太空碎片並覆蓋月球上空！」

雖說直接災害已經縮減到最低限度，但籠罩整個月球的太空碎片會引發各式各樣的電波障礙，屆時基地的防衛機能將完全癱瘓。

如果那時叛亂軍發動總攻擊，這座基地可說是不堪一擊。

以上這些都是克拉連斯將軍的主張。

被人說是頭腦頑固的巴爾吉要塞司令鐸澤特上校也接受了他的要求。

「這算您欠我的喔，克拉連斯將軍。」

「當然，非常感謝。」

克拉連斯鬆了一口氣，還撫了撫胸口。

但是，這個行動中有一大誤算。

目前要塞巴爾吉的位置是在月球背面。

雖說它正在持續高速移動，但若要直接砲擊接近的G-03554殖民衛星，就必須瞄準月球環形山的稜線，這一點的難度相當高。

從上司那裡聽說這件事時，柯蒂莉亞大吃一驚：

「從那麼困難的地點砲擊，能打得中嗎？」

論武器的破壞力應該不會有問題。

但要是沒打準，那就不僅沒能讓它被摧毀消失，反而還會因為墜落軌道大幅偏離，接下來會造成怎樣的災害就完全無法預測了。

此刻她心裡湧出了對聯合軍高層的無能，以及自己力有未逮的憎恨。

*

要塞巴爾吉在幾分鐘後發動了砲擊。

巴爾吉砲的光束命中了G－0３５５４殖民衛星並掠過了。雖說有命中，但也只是擦過殖民衛星外圍的反射鏡環上的鐵橋而已。

但是其衝擊力卻讓殖民衛星斷成了三截。由於支柱部分被破壞導致結構變得很脆弱，而斷成三截後也各自飛向不同的方位。

第一截是居住區所在的中間部分。

這裡飛向L-1殖民地群。

另一截是農業工廠所在的下層部分。

這裡飛向L-2殖民地群。

問題在於這邊的外圍都沒有裝設緩衝網，要是殘骸猛烈衝撞，或許會導致幾萬人死亡。

而還有一節就是重工業區所在的上層部分，這裡則開始往地球墜落了。這等大質量的人造物體受到地球重力牽引產生的加速度堪稱十分驚人，如果真的猛撞下去，大陸應該會有一半毀滅吧。

王龍與獠牙的努力可說適得其反。

＊

「該死的聯合軍，他們搞砸了……」

杰伊咋舌，這時他背後傳來了魔女的報告。

「實驗體們請求批准他們使用原型機，包括普羅米修斯、舍赫拉查德還有徵收的尼米亞。」

「你說什麼？」

「他們表示想修正墜落的殖民衛星軌道。」

「呵……我們的團隊裡還真聚集了不少喜歡多管閒事的傢伙啊。」

「你要批准嗎？」

「隨他們高興吧……」

杰伊的腦海裡，浮現當年為了拯救山克王國而駕駛雙足飛龍出擊的卡蒂莉娜・匹斯克拉福特的英姿。

「果然血統是無法抗拒的啊。」

＊

清潔工集團的大型運輸船的船底機庫中，三架ＭＳ都正在進行啟動準備。

尼米亞的駕駛員是實驗體二號（傑克斯・馬吉斯）。

普羅米修斯的駕駛員是實驗體一號（艾爾維・奧涅格）。

舍赫拉查德的駕駛員是實驗體三號（露克蕾琪亞・諾茵）。

他們每個人都對自己能挺身而出對抗前所未有的危機這點引以為傲。

艾爾維一邊檢查才剛完成的巨大十字架型重機砲，一邊說：

「拜託你了，新裝備……因為目標很巨大，要是沒打中，我可是會被取笑的喔。」

露克蕾琪亞對第一次駕駛的舍赫拉查德覺得困惑，同時也確實掌握了機體細膩的操作法。

「這架機體的反應速度和我的喜好很搭，感覺很像是穿上絲綢製的禮服。我們一起努力吧，舍赫拉查德。」

傑克斯在自己已經開慣了的里歐型機體的駕駛艙裡，和平常一樣低語起來：

「我知道這樣做很亂來，但非得有人挺身而出。我不能看著這麼美麗的宇宙被汙染。」

三架機體飛出了船外。

在空虛的宇宙裡，可以看見G-03554殖民衛星分成三截的龐大體型。

三機宛如在畫弧線般，分別飛向各自的目標殖民衛星殘骸。

*

杰伊和正在移動的亞汀連絡了。

令他驚訝的是，亞汀已經坐在原型零式的駕駛艙裡。

「狙擊手羅，你能接受委託內容變更嗎？」

『我要追加報酬喔。』

亞汀用輕佻的話來回應。

「哎呀，別這麼說嘛。我本來就還沒告訴你目標吧。」

『啊，說得也是。』

杰伊心想：這傢伙還真會裝傻。

『所以呢？』

「原本的計畫是要讓你去射擊聯合的月球基地，不過目前事態有點緊迫……」

『雖然我並不在意……不過還是請你告訴我到底要打什麼吧。』

「已經老朽的殖民衛星一邊四處灑落碎片一邊墜落了，那些太空碎片統統都是這次委託的目標。」

『收到……』

亞汀輕易接受了這項委託。

碎片的數量可說相當龐大。

他接下這項委託，該說是無知還是無腦呢？

『話說回來，努爾老師……』

「別用那個名字叫我！我不記得有收過你這個學生！」

『哎，怎樣都行啦。我想問一下關於能裝在巨型步槍上的短劍型矮星的事。這玩意兒總共有三個，我統統拿來用不要緊吧？艾因、茲拜、多萊（註：各是德語中的數字1、2、3）……所以統稱三重矮星，這樣說沒錯吧？』

「現場情況就交給你自行判斷了。」

『既然你這樣說，那我工作時可輕鬆多了。』

亞汀頓了一下，才開始說出觸及核心的質問：

『還有一件事……有個叫「ZERO系統」的玩意兒好像和狙擊程序連結了，那到底是什麼東西？』

此話一出，杰伊立刻單方面切斷通訊。

能發現那個未完成迴路的人絕非泛泛之輩。

這個話題再繼續下去就危險了。

如果連「ZERO系統」都能啟動，眼前的事態應該能更早解決吧。

——潘朵拉之盒還沒被打開——

艾爾維駕駛的「普羅米修斯」的目標是廢棄殖民衛星下層部分的農業工廠。

這塊分解出來的殖民衛星殘骸由於受到要塞巴爾吉的砲擊，正以驚人的速度邊旋轉邊衝向L-2殖民地群。

由於外形看起來像個甜甜圈，因而人稱「環面」的它眼下並非像輪胎那樣進行圓周旋轉，而是像用指頭彈硬幣那樣的中心軸旋轉。

如果不和其旋轉速度同步，就無法輕易靠近。

艾爾維的「普羅米修斯」邊加速邊以螺旋航線接近殖民衛星殘骸，最後總算設法抵達了它旋轉速度最慢的中心軸頂點。

如果光是注視正面的牆壁倒不會有問題，但一環顧周圍，就會發現月球、地球和太陽都以令人眼花撩亂的速度在輪替位置。

「如果能設法降低殖民衛星旋轉的速度，就能改變墜落軌道——」

——不過說歸說，想辦到這點可不容易。

艾爾維在心裡這樣低語。

「普羅米修斯」的雙眼攝影機從外側的開口窗門確認內部情況。

他看著駕駛艙裡的螢幕說：

「聚焦不夠鮮明啊……真是的，幹嘛設計成雙眼攝影機呢？」

「普羅米修斯」頭部的主攝影機是從里歐型改造成雙眼攝影機型，相應地，它的臉部看起來就很像人臉。

這是杰伊．努爾為了提升「原型零式」的狙擊特性而開發的東西。

機體負責人魔女改造「普羅米修斯」的臉部時，艾爾維曾經這麼問：

「普羅米修斯應該不需要狙擊能力吧？」

「當然啦，這架機體的特性是一口氣殲滅廣範圍的敵機。」

「既然如此，那為什麼要裝那個？」

「不管做什麼，外表都很重要。虛張聲勢可是很有效的手段喔。」

魔女並沒說出除此之外的理由。

其他技術人員也被巧妙地感化了，他們都主張「能有效地虛張聲勢」這個理由，同時都對機體的臉部進行改造。

在這之後，初期的鋼彈尼姆合金製ＭＳ就都改用雙眼攝影機，宛如它根本就是這類機體的統一規格。

由於殖民衛星的電源供應已斷，內部完全為黑暗所籠罩。

原本從上方的大開口窗門會有燦爛的陽光灑下，然而巨大反射鏡卻早已脫落漂進宇宙裡，這種狀態下不可能會有陽光。

艾爾維發射了照明彈。

從中心軸頂點頓時就有綠色的閃光向外擴散。

仔細一看就能發現中心軸的位置有了微妙的晃動，這令相當於擬似重力的離心力逐漸不穩定起來。

「要潛入內部太勉強了。」

雖說這裡是農業工廠，不過可以重複利用的土壤和肥料等貴重自然產物已經半點都不剩了，而且裡面還有無機的鐵片或混凝土塊等瓦礫因為離心力而飄浮起來，其中還參雜著形形色色的管路和無數電線集束在打轉。

他有種自己正在窺伺全速旋轉中的攪拌器裡面的感覺。

艾爾維將「普羅米修斯」上裝備的多餘彈藥都拿下來，堆在殖民衛星外壁上的一處。

如果引爆這堆彈藥來改變殖民衛星的旋轉方向，就能減緩它墜落到L-2殖民地群的速度。依照計算，還有可能將它推到地球圈外的墓地軌道。

問題在於引爆的時機，也就是說，他該在哪個位置於哪一瞬間用巨大十字架型重機砲射擊？

如果距離太近有可能連自己都被捲進爆炸，但若距離太遠就很難命中裝在高速旋轉中的外壁上的炸藥。

艾爾維採取的方法，是先用裝填在巨大十字架型重機砲裡的大型導向飛彈攻擊殖民衛星前端，讓旋轉減速並同時拉開距離，再用第二發飛彈攻擊目標位置（炸藥堆積處）。

「這個方法普羅米修斯辦得到，不過傑克斯和露克蕾琪亞打算怎麼辦呢？」

＊

露克蕾琪亞駕駛的「舍赫拉查德」接近了正飛向拉格朗治點1（L-1）的廢棄殖民衛星中間部分的居住區。

這個居住區和其他兩截比較算是稍微小一點也輕一點，而旋轉速度雖快，但旋轉方向卻和時鐘一樣穩定。

露克蕾琪亞的「舍赫拉查德」飛到殖民衛星正前方，然後緩緩從背上拔出了兩把彎刀。

這是彎曲成半圓型的大型雙刃刀械，其刀身部分可以加熱到發紅變成「熱流刀」，藉以發揮強大無比的破壞力。

這架機體的操縱反應速度之快，令露克蕾琪亞相當中意。

這都是拜新採用的「ZERO骨架構造」所賜。

所謂「ZERO骨架」，是指只有內部骨架也能單獨驅動的革命性MS構造設計。

以往的MS因為材質強度有問題，因此從動力部傳達能量時都必須依附外殼裝甲等零件，不然就無法驅動機體。

因此不管怎麼運作，從駕駛員操作到MS開始動作都會有時差。

自原型零式之後，以鋼彈尼姆合金製成的骨架就能在維持強度的情況下減輕重量。

而只要有了光有骨架就能讓機體動作的系統，就能進一步做出「細膩又敏捷的動作」。

「我覺得自己第一次有了心啊。」

露克蕾琪亞搭乘舍赫拉查德時，就有這種感想了。

打從在火星出生，和母親一起逃到地球後直到現在，從來沒有任何東西能填滿她內心的空虛。

這種想法束縛了自己的心。

在母親去世後，她雖然為了尋找人生目的而進入ＯＺ特務部隊，但依然無法肯定自己。

然而——

「這架機體就能照我的意志來行動。」

她覺得自己被束縛的心終於解放了。

露克蕾琪亞討厭戰爭。

這就是到現在為止，她在當ＯＺ的駕駛員時態度多少有點消極的理由。

現在不一樣。ＭＳ並不是被當成殺人的兵器，而是用來拯救人們；這件事讓露克蕾琪亞變得積極起來。

她把還未完成的自己和「舍赫拉查德」重疊在一起了。

「對還不成熟的我來說，這架機體剛好適合我……」

由於這架機體的軀體外裝來不及完成，所以ＺＥＲＯ骨架外露的部分不少。

另外，為了更進一步防禦宇宙輻射而用以特製布料製成的布條裹住全身，還為了固定肩部裝甲而披上用同一種布料製成的斗篷。

那個模樣看起來簡直就像古埃及時代的木乃伊，而身披斗篷、雙手持彎刀則讓它看起來像是中東的女戰士。

露克蕾琪亞選擇了比變更軌道更能有效地把災害減到最低限度的方法。

那就是把殖民衛星本身解體。

如果像殖民衛星這樣的大質量物體集中往一點衝撞，那麼拉格朗治點1外圍的緩衝網根本就撐不住。不過如果把兩百塊太空碎片分成四百塊就頂得住了。

另外，它們還會因為塗在網上的新素材黏著劑而飛向其他方向，那麼一來就不具危險性了。

她細心地切開外壁面板，找出主要的連結部位後，用熱流刀施展交叉斬破壞該部位。

這種樸實的手段雖然既花工夫又費時，卻能確實達成目的。

*

傑克斯和「尼米亞」前往正向地球墜落的上層部分重工業區。

這座廢棄殖民衛星是被厚實的外壁包住，完全沒有半個採光窗的密閉型，因此不但體型龐大還很有份量。

當傑克斯得知這座工廠幾乎都是北美方面企業中的「ＨＳＴＥ公司（Hercules Space Technical Electronics Company）」所有時，他不由得苦笑起來。

「Hercules」就是希臘神話中的海克力斯的英語唸法。

另外，海克力斯被賦予的「十二試煉」中，第一項就是「擊殺尼米亞猛獅」。

傑克斯從中感受到了某種因緣。

「駕駛『尼米亞』的我最後是成為披著獅皮的海克力斯呢，還是落得被海克力斯打倒後成為『獅子座』的下場？」

傑克斯和「尼米亞」輕易接近了目標。

這座殖民衛星並沒有在高速旋轉，目前的加速度也減緩了。

其旋轉方向也維持逆時針旋轉的狀態。

然而基於這些原因，它進入地球大氣圈時根本燒不完，會直接衝撞北半球；這一點已經確定了。

傑克斯的選擇和艾爾維剛好相反。

他想的方法不是減速，而是加速。

在它進入大氣圈之前加速到讓進入斜角變成鈍角，它就會被地球厚厚的大氣圈彈開而飛進虛空的另一邊。

問題在於眼下沒有加速用的噴射推進器裝置。

他必須找個代用品。

還有，他必須遙控操作加速的時機。當然他也一樣沒有這種裝置。

「只能到裡面去找了。」

傑克斯與「尼米亞」進入了工業區內部。

他以手動解除氣閘後，殘留的空氣就流洩到外面去。

其中還包含了不少長達幾十公分的工業用零件。

「尼米亞」瞬間避開了它們。

傑克斯一邊目送那些零件一邊咋舌。

「真是失態……」

之所以會這樣，那是因為他不由自主地依照在戰場上遭到攻擊時的防禦習性來行動。

剛剛他不該躲開，而是要直接承受才對。「尼米亞」的裝甲強度是里歐的兩倍以上。

即使被打個正著，也不用擔心會受損。

「…………」

傑克斯立刻關上氣閘，進入了殖民衛星內部。

現在與其回顧再後悔，還不如趕緊處理非面對不可的問題。

殖民衛星裡果然一片漆黑。

他必須在這片黑暗中找出能代替噴射器的東西。

傑克斯開始搜尋化學物質，就在工廠深處的區域裡找到了過氧化氫的儲藏槽。

里歐型的面甲型臉部上有具備各種分析功能的螢幕，在陰暗的地方也能當成探照燈來使用。

在被燈光照到的位置上標明了大大的「H2O2」的過氧化氫化學式，下方還有HSTE公司的商標。

「正如我所料，這個可以當成推進劑。」

過氧化氫是用來清洗電子機器。

電子儀器類工廠裡肯定會設置這種儲藏槽。

在此，傑克斯利用的是很久以前的技術。

在真空狀態下，要減壓蒸餾過氧化氫是很簡單的事。將它經過蒸餾後，得到的東西就是在舊時代用來當成火箭燃料氧化劑的高濃度過氧化氫。

傑克斯的「尼米亞」關閉了殖民衛星內部的隔離壁，進一步將殘留的空氣完全排出。

雖說這些動作都必須手動進行，他還是順利把這個區域成功弄成真空狀態。

他作好高濃度過氧化氫，並且拉起連結管線將它接到做為殖民衛星出入口的氣閘上。

接下來打開閥門，在自己和「尼米亞」逃離後用定時炸彈爆破氣閘。點火噴射後，殖民衛星就會立刻開始加速。

如果能在進入地球大氣圈之前完成這些作業，那就能解決問題了。

「到這裡為止都很順利……」

傑克斯突然覺得背後吹來一陣令人不安的風。

「不，應該說太順利了。如果什麼事都沒發生就好——」

就在這個時候——

控制面板上的通訊機隨著呼叫聲開始閃爍，而且對方用的還是ＯＺ專線。

『露克蕾琪亞……回答我。坐在那架機體裡的是妳吧？』

傑克斯當場渾身僵直，動彈不得。

因為這個聲音毫無疑問地是特列斯・克修里納達。

*

大約在兩個鐘頭前。

在月球「寧靜海」聯合宇宙軍基地的柯蒂莉亞・菲茲傑拉德准尉接到了來自移動要塞巴爾吉的第二次主砲發射預告。

「他說……第二發？」

對她來說這並非無法預測的事態。

第一發主砲居然射偏，這肯定傷害到要塞司令鐸澤特上校的自尊了。然後巴爾吉要塞通過環月軌道，再度移動到能狙擊廢棄殖民衛星的位置上。

那個腦袋出名頑固的上校應該幹勁十足地大叫：「這次可別射偏了！」

「不過巴爾吉的主砲無法連射啊。要同時射擊分成三截的殖民衛星是不可能的事——這點可以想見。」

柯蒂莉亞立刻在電腦上動手計算各廢棄殖民衛星的軌道和巴爾吉的射角範圍。

她嘗試模擬出來的結果中，當巴爾吉要塞的主砲射擊軸線與面向L-1殖民地群的第二層中間部分的居住區，還有向地球墜落中的第一層上邊的工業區以直線連接的那一瞬間——

「恐怕巴爾吉要塞要瞄準的就是這一點吧。」

以巴爾吉砲的破壞力來看，有可能在射穿居住區後接著繼續摧毀工業區。

雖說命中率不過50％，但鐸澤特上校應該不怕會失敗而敢於下這個賭注來挽回自己的名譽。

他這時根本打算忽略正飛向L-2殖民地群的第三層下邊的農業工廠吧。

他就是這種打從一開始便沒把殖民地受害這回事納入考量的利己主義者。

柯蒂莉亞開始責備自己的天真。

雖然沒經過確認，但在那座廢棄殖民衛星裡應該有某些叛亂軍的士兵為了修正軌道而進去了。

「都是因為我把情報洩漏給叛亂軍……」

至少可以確認有一架「里歐V型尼米亞」進入了廢棄殖民衛星的工業區。

「那應該是在『虹灣』被敵方奪走的機體。」

雖然無法確認識別信號，但這點幾乎不會錯。

她很想叫那位駕駛員去避難，卻沒有連絡對方的方法。

距離時限還有一百五十分鐘。

柯蒂莉亞向上司報告「尼米亞」的存在。

「那是被叛亂軍搶走的機體吧，裡面坐的肯定是叛亂軍的士兵。」

「說不定是被俘虜的士兵啊，我們無法否定他從敵區逃走的可能性。不管怎麼說，廢棄殖民衛星裡還有人這點是事實。」

「多少會有點犧牲，這也是迫不得已啊。雖然我不吝於派出救援隊，但這會有妨礙目前進行中的作戰的風險。要是錯過巴爾吉砲發射的時機，就會引發危害全人類的大災難。這點妳明白吧，菲茲傑拉德准尉？」

柯蒂莉亞靜靜地閉上了銀邊眼鏡後的雙眼。

她努力要讓自己冷靜下來。

她心裡產生了強烈的罪惡感，同時也在思考有沒有方法能聯繫叛亂軍。

到目前為止，她用的「洩漏情報」只是單向聯繫的方法。

如果進行全方位的洩漏情報，或許對方就能察覺也說不定。

但是目前月球基地已經進入戰備狀態，自克拉連斯將軍以下的參謀們以及各部門司令都集中在戰略管制室了。

柯蒂莉亞在那裡行動會太搶眼，馬上就會被發現，然後她就會因為洩漏情報這種助敵行為而被逮捕吧。

當柯蒂莉亞正獨自煩腦時，發生了一個「奇蹟」。

通訊機裡傳來聲音，而柯蒂莉亞也立刻回答了。

「這裡是月球基地！」

螢幕上映出一位容貌端整的青年軍官。

那是特列斯．克修里納達。

『管制官，我方有二十架ＭＳ。有沒有什麼可以幫上忙的？』

柯蒂莉亞意圖向對方求援，於是說：

「雖然還沒確認，不過廢棄殖民衛星的工業區內部好像有一架『里歐Ｖ型尼米亞』。」

ＯＺ特務部隊被賦予了在任何戰場都允許獨立行動的特權。

『露克蕾琪亞的機體嗎……收到，我方將前往救援該機體。』

柯蒂莉亞對特列斯深深致謝：

「祝閣下武運昌隆……」

＊

到巴爾吉砲射擊為止還有三十分鐘。

艾爾維的「普羅米修斯」用巨大十字架型重機砲向農業工廠開火。

在逆向反推力的影響下，殖民衛星的旋轉速度減慢了。

「很好，接下來用第二發來招呼它吧！」

接著他轉動巨大十字架型重機砲，架起了另一邊的長砲管。

然後他瞄準了殖民衛星外壁上堆在同一處的炸藥。

長砲管裡裝填了大型導向飛彈。

「不行，這裡還是太近。」

「普羅米修斯」會被捲入爆炸裡。

拜雙眼攝影機之賜，他的距離感抓得很準。

艾爾維一邊拉開足夠的距離，一邊持續用不斷改變的副螢幕上顯示經過計算的通往墓地軌道的推送點來修正瞄準鏡顯示的瞄準數據。

「就是這裡！」

這一瞬間，艾爾維扣下了扳機。

大型導向飛彈畫出螺旋軌跡衝向爆破點。

「給我命中吧！」

不論他再怎樣依照顯示的數據來射擊，事態都不可能完全照計算來發展。

艾爾維以向神祈禱的心情追蹤導向飛彈的去向。

它漂亮地命中了目標點（炸藥堆積處）。

然後炸藥就陸續被引爆了。

農業工廠的前進路線變成了和L-2殖民地群相反的方向。

艾爾維刻意進行了不會有人聽到的報告。

他想確認自己完成了值得引以為榮的工作吧。

「這裡是『普羅米修斯』，所有作業結束。農業工廠已經遠離L-2殖民地群，成功轉移到地球圈外的墓地軌道（Graveyard orbit）了。」

＊

露克蕾琪亞與「舍赫拉查德」的作業可以說進行得相當順利。

被熱流刀解體的廢棄殖民衛星居住區已經變成兩百塊以上的碎片，如果在這些玩意兒之間有一定間隔，那麼L-1殖民衛星的緩衝網就足以應付了。

密集的碎片群仍然依照慣性持續進行順時針旋轉。

從遠方看過來根本不會發現這座殖民衛星已經被解體了。

露克蕾琪亞與「舍赫拉查德」進入了分解碎片群中，一邊順應旋轉運動一邊為了在各碎片間製造空隙而持續進行解體作業。

每當她用熱流刀切開一塊巨大碎片，L-1殖民地群都會變得更安全。

在切開許多碎片後，「舍赫拉查德」的眼前就佇立著高達五十公尺的黑色立方體。

「和那個還有點距離啊。」

露克蕾琪亞注意到從背後逼近的大型油槽了。

她用熱流刀交叉劈開大型油槽，然後回頭橫揮一刀，將黑色立方體砍斷。

就在此時，突然發生了爆炸。

「嗚……」

現在已經分不清楚這個立方體是電源供給部還是壓縮裝置了。

「我看錯距離了嗎……」

雙眼攝影機的距離感並沒出錯。

但在熱感應器為了反應正確情況而動作之前，她那一連串的行動已經把立方體斬成兩半了。

爆炸的震動導致其他碎片激烈互撞，各碎片宛如打撞球般連續被彈飛，同時移

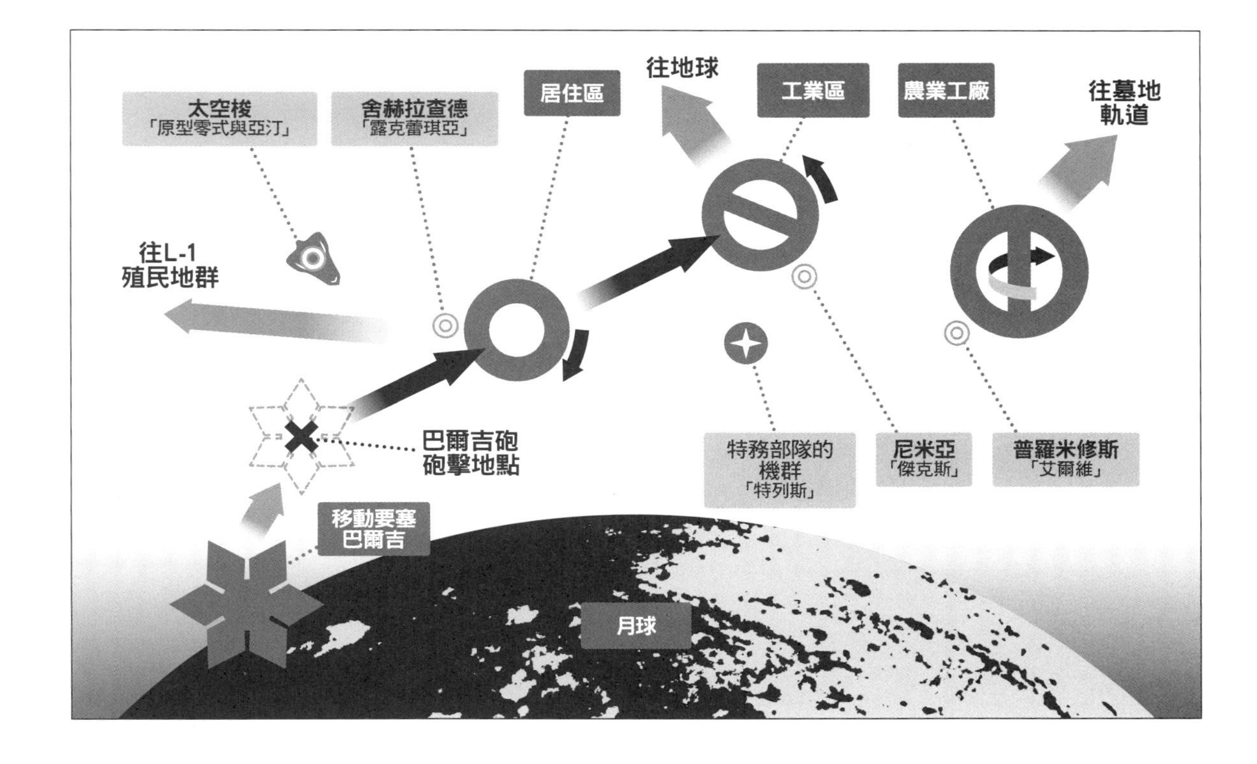
太空梭
「原型零式與亞汀」
舍赫拉查德
「露克蕾琪亞」
居住區
往地球
工業區
農業工廠
往墓地
軌道
往L-1
殖民地群
巴爾吉砲
砲擊地點
特務部隊的
機群
「特列斯」
尼米亞
「傑克斯」
普羅米修斯
「艾爾維」
移動要塞
巴爾吉
月球

動軌道急遽變化，毫不留情地襲向「舍赫拉查德」。

因為這架機體幾乎沒有外殼裝甲，所以要是被碎片撞個正著就是致命損傷。

露克蕾琪亞和「舍赫拉查德」以熱流刀不斷粉碎從四面八方逼近的碎片。

而且速度快到令人目不暇給。

露克蕾琪亞拚命應付眼前的情況。

但她既然身為人類，就會有極限。

先前幾十分鐘的奮鬥都泡湯了的「舍赫拉查德」，和以高速逼近的「巨大吊橋」撞個正著。

採用ZERO骨架的機體雖然毫髮無損，但這一下對駕駛艙的衝擊相當激烈。

被碎片擺布的「舍赫拉查德」以加速狀態一頭撞在前方的辦公大樓牆壁上。

這波衝擊強到連頭盔都無法緩衝。

露克蕾琪亞的頭部遭到上下左右的劇烈搖晃，最後終於失去意識。

＊

『聽我說，露克蕾琪亞。那個工業區馬上就會遭到移動要塞巴爾吉砲擊，連同居住區一起被摧毀；妳必須馬上逃離，時間不多了。』

傑克斯沒辦法回應特列斯的呼叫。

他一開始是想聯繫「舍赫拉查德」，讓露克蕾琪亞來替自己回答；但在廢棄殖民衛星的碎片群中受到太空碎片的干擾而無法通訊。

他必須自己下決定。

雖說只有自己要逃脫是很簡單，但這樣可沒辦法救被巴爾吉要塞當成第一目標的居住區裡的露克蕾琪亞。

巴爾吉砲的破壞力堪稱強得出奇，不論殖民衛星還是「舍赫拉查德」都會在一瞬間被燒毀並蒸發吧。

傑克斯打開了其他通訊頻道，呼叫清潔作業船裡的杰伊．努爾。

「博士，如果我現在打開『潘朵拉之盒』，能不能找出可行的辦法？」

『喔喔，你終於要啟動『ZERO系統』了嗎……』

杰伊用十分興奮的語氣回答他。

「我想救露克蕾琪亞——不，是實驗體三號。」

『這樣啊……』

杰伊思考一陣子後才回答：

『當然，即使找到可行的辦法，「未來預測資料」也不會送到你的機體上喔。系統首先會把勝利條件回饋到原型零式的駕駛艙，然後把經過演算處裡的「未來」直接輸入駕駛員的腦袋裡。』

「原型零式的駕駛員值得信賴嗎？」

『這個我就不知道了。不過與其這樣說，還不如說「ZERO系統」不見得會下對我們有利的判斷啊。我完全可以想像它有可能會為了讓地球圈維持和平而犧牲我們。』

傑克斯的心裡產生了疑惑。

——不確定要素實在太多了——

杰伊完全忽視了傑克斯的想法，繼續說道：

『以前「AI・沙姆」的最高守則是保護希洛與卡蒂莉娜，不過這兩個人如今都已經去世了；在這種狀態下啟動系統，我完全無法預測它會如何設定「勝利條件」——不過嘛……』

螢幕上的杰伊露出了奸笑：

『你身上的匹斯克拉福特血統可能會改變「宇宙因果律」喔。』

「我不太懂你這話是什麼意思。」

『你對實驗體三號——不，我應該問你愛露克蕾琪亞・諾茵嗎？依照你愛她的程度，也有可能會引發奇蹟喔。』

「…………」

傑克斯有種被人趕進更容易迷路的森林裡的感覺。

因為他從來沒把露克蕾琪亞當成那種對象。

這時特列斯的聲音再度傳來：

『「尼米亞」的駕駛員，我現在明白你不是露克蕾琪亞了；既然如此，你應該是叛亂軍的士兵吧。為了應付這前所未有的危機，你們自我犧牲的行為值得讚賞；因為這更加難得，希望你們一定要生還。』

「特列斯教官……」

傑克斯終於開口回答：

「我們只是遵從您的教誨而已。」

『傑克斯……是你嗎？』

「這是為了將來的士兵……也是為了人類。」

在這一點上，艾爾維和露克蕾琪亞應該也有同感吧。

為了人類的將來，修正殖民衛星的軌道是必要的行為。

他緩緩將「ＺＥＲＯ系統」的啟動單元安裝在駕駛艙的主螢幕上，同時說：

「特列斯教官，請您盡快逃離這裡吧。我要讓這座殖民衛星加速，這樣它應該會被地球大氣圈給彈開。」

『收到。那麼露克蕾琪亞是和你一起行動嗎？』

「是。」

他只說一個字就把通訊切斷了。

傑克斯現在還稱不上是愛著露克蕾琪亞。

然而他很清楚，如果自己今天在這裡失去露克蕾琪亞，肯定會後悔一輩子。

他心想就試著把自己這群人的命運交給「宇宙因果律」來決定吧。

他覺得這是唯一能救露克蕾琪亞的方法。

傑克斯對啟動單元輸入了密碼。

「PEACECRAFT×2 HERRO YUY」——

在這一瞬間，潘朵拉之盒被打開了。

同時，傑克斯還用OZ專線留下了訊息。

「特列斯教官，請您務必要來回收這架機體，然後請您收下『潘朵拉之盒』。只要把這個裝置連接到適合的電腦上，就能登入『未來預測資料』。」

他沒提到艾因・唯與密碼內容的事。

他認為這兩者不論哪一邊對特列斯來說，都是沒必要知道的情報。

傑克斯把「ZERO系統」的啟動單元放在駕駛艙的座椅上，然後就穿著太空服單獨逃離了。

收到杰伊·努爾連絡的艾爾維的「普羅米修斯」應該就在附近。

＊

位於「原型零式」控制面板中央的球形「ZERO系統」發光了。

這讓亞汀·羅看得目瞪口呆。

幾分鐘前，杰伊·努爾有跟他連絡說任務變更，改成當「ZERO系統」啟動時就遵從它的指示。

「這就是說，我終於能發揮本領了是吧。」

駕駛艙內響起高週波電子音。

「ZERO系統」並非用語音或文字訊息來發出指示。

它把形形色色的意念和趨近無限的影像直接傳進亞汀的腦海裡。

那些幾乎都是月球周邊的影像。

它們以令人眼花撩亂的速度在更迭。

如果注意看那些影像，還能看到自己過去的行動。

也能看到葵、塞斯和兒子的身影。

看樣子，「ＺＥＲＯ系統」只花幾秒鐘就弄清楚自己是誰，擁有怎樣的技術。

「這是什麼啊？」

亞汀只能任由系統擺布。

但即使如此，他仍然是個冷靜的狙擊手。

雖說他一直都被時代所擺布，但他對這個系統卻能免疫。

「雖然很抱歉，不過我這個人向來是以自己的感情為優先。即使如此，我還是被人家稱為『扼殺傳說的男子』喔。」

目前看起來最鮮明的影像，是移動要塞巴爾吉的主砲發射口。

「你要我用三重矮星狙擊這個嗎？」

「ＺＥＲＯ系統」的電子音換成了更高的高週波。

旁邊的發進桿上有燈號開始閃爍。

其閃爍速度也變快了。

亞汀覺得這台機器正對他大喊「快點！」來催促他行動。

「我知道啦！現在要上了！」

他一邊這樣說，一邊把變形用桿往前推。

幾秒後，變形成飛行型態的「原型零式」以極快的速度從太空梭裡猛衝出來。

因為後部推進器釋放的輻射熱讓太空梭爆炸了。

「真粗暴啊，這可是違反我的主義耶。工作時給我更精明點啦！」

駕駛艙裡的「ＺＥＲＯ系統」對這句話沒有任何回答。

「知道目標也了解方法，那麼問題就是時限了。」

「原型零式」必須在巴爾吉要塞移動到發射主砲的砲擊位置前趕到那裡。

時間大約還有三百秒。

亞汀遵從系統指示，讓「原型零式」加速了。

＊

月球基地裡的柯蒂莉亞確認到有架從L-1殖民地群往環月軌道飛來的民用太空梭爆炸了。

「這個爆炸是……？」

它不可能撞到廢棄殖民衛星裡飛出來的碎片，雙方之間的距離還很遠。

聯合宇宙軍的搜索也沒映出其它的任何東西。

「有具備高度匿蹤功能的機體起飛……」

照柯蒂莉亞的直覺是這樣想的。

她已經得到叛亂軍開發的ＭＳ具備這種功能的情報。

「可是……」

柯蒂莉亞無法想像都這個時候了，對方還想做什麼。

這時，她背後傳來管制官同僚的叫聲。

「巴爾吉要塞有連絡了！巴爾吉砲能源填充完畢！接下來發射程序開始！倒數299！對目標殖民衛星居住區的命中率提高到75％！」

問題在於要墜落到地球的廢棄殖民衛星。

柯蒂莉亞十分關注在工業區那架尼米亞附近的OZ特務部隊的情形。

「……請你們一定要平安無事……」

她拿下銀邊眼鏡，向遙遠的宇宙彼岸投注自己的思念。

＊

變成飛鳥型態的「原型零式」點燃逆噴射推進器，藉此開始減速。

眼前已經能目視確認龐大的移動要塞巴爾吉了。

亞汀拉起變形用桿，解除「原型零式」的飛鳥型態。

它緩緩架起了巨型步槍。

其前端已經裝上了三具短劍型矮星。

「三重矮星，目標鎖定。」

亞汀在瞄準鏡裡捕捉到了巴爾吉的主砲發射口。

這時「ZERO系統」指示他把以廣角張開的三重矮星集中在一點上。

「搞什麼，原來你不是要我把那座要塞擊毀啊？」

狙擊目標是位於主砲內部才區區幾公尺大的核心。

「原來如此……要狙擊那個地方，只有我才辦得到。」

即使已經減速，「原型零式」和巴爾吉要塞間的相對速度仍然超過時速500公里，堪稱快得異常。

「不過嘛，我還是會打中給你看。」

亞汀很享受這種極度緊張的感覺。

這時，「原型零式」的雙眼攝影機發出格外明亮的光芒。

「ZERO系統」的高週波電子音通知他發射三重矮星的時機。

亞汀屏氣凝神，並把指頭放在扳機上。

巴爾吉要塞的主砲到發射的倒數與「原型零式」的三重矮星開火的時差只有區

區五秒。

要是失敗，「原型零式」將會和殖民衛星居住區一起被巴爾吉砲的光束給完全消滅。

當然，已經昏倒的露克蕾琪亞和「舍赫拉查德」也會一起消失。

高週波電子音達到了最高潮。

「……開火……」

亞汀低聲說出這個字眼，同時扣下扳機。

裝在巨型步槍前端的三具劍型矮星張開了。

同時，它們的前端發出三種顏色的眩目光芒，接著從其集束點發射了驚人的能源波。

這道能源波只是略微閃動一下，就鑽進巴爾吉砲的內部。

這表示它漂亮地命中了已經充填能源完畢的核心。

驚人的爆炸——並沒有發生。

核心融解了，已經充填的能源也隨之擴散。

雖說零點幾秒後巴爾吉砲進入發射動作，但因為能源波已經沒動靜而導致完全錯過砲擊位置。

巴爾吉要塞就這樣在環月軌道上繼續前進。

亞汀面帶微笑地說：

「我又完成了一件出色的工作啊……」

他用指尖輕輕敲了控制面板中央的球型螢幕兩下。

這個獨特的節奏，是他在心裡低語「Thank you」的間隔。

「原型零式」再度變形成飛鳥型態，以猛烈的速度衝向廢棄殖民衛星的居住區。

依照「ZERO系統」下達的指示，他必須回收在那裡，名叫「舍赫拉查德」的機體。

完成這件事後，他得再張開三重矮星，這次則以最大攻角射擊。

它的命令是要將已經變成危險太空碎片的兩百塊碎片統統燒毀。

「其他的殖民衛星殘骸呢？」

「No problem（不用擔心）」的意念傳進了他的腦海。

「看來那個努爾老師是把我當成實驗品啦……這下真的得跟他要求追加酬勞比較划算啊。」

*

幾分鐘後，廢棄殖民衛星的居住區就消失了。

幾十分鐘後，工業區的其中一區發生了神祕的爆炸，讓它的墜落速度加快而被地球大氣圈給彈開。

而農業工廠早在幾小時前就已經改變軌道而消失在地球圈外。

柯蒂莉亞完全無法理解這一連串奇蹟是如何發生的。

第二發巴爾吉砲肯定沒有發射出去，這點只要看已經充填的能源殘量顯示就一目了然。

然而居住區不但徹底消失，連工業區都加速墜落而改變了軌道。

巴爾吉砲神祕停擺的相關情報，全都被鐸澤特上校隱瞞了。

由於更換核心只是相當簡單的檢查工作，所以作業就在它停擺的原因完全沒查明的情況下結束了。

月球基地與移動要塞巴爾吉的高層毫無顧忌地對外宣稱「就是我們防止這場前所未有的大災害發生」。

鐸澤特上校和克拉連斯將軍這份功勞都受到上級認可，而且還敲定將晉升一級並獲頒天鵝座動章。

包含柯蒂莉亞在內的聯合宇宙軍到最後幾乎沒有任何人知道真相。

她後來之所以多少知道一點事實，是在接到人稱「太空清潔工」的民間清潔作業船的連絡時。

螢幕上映出五位看起來有點古怪的老人。

『我們已經回收了被地球彈開的工業區。這算是義務勞動，所以不會向聯合軍申請作業酬勞，你們就放心吧。』

「收到。話說回來，那裡應該有ＭＳ才對。那是我軍的所有物，還請各位盡速歸還。」

『天曉得，當我們抵達那裡時根本就沒留下這種東西啊。那不是被ＯＺ特務部隊拿走了嗎？』

＊

被回收的「里歐Ｖ型尼米亞」正停在ＯＺ特務部隊的ＭＳ運輸艇的機庫裡。

特列斯站在打開的駕駛艙艙門前，嘴裡還說著：「裡面果然沒人搭乘啊……」

駕駛艙的座椅上放著「ＺＥＲＯ系統」的啟動單元。

「這就是『潘朵拉之盒』嗎？」

特列斯一邊拿起它並喃喃自語：

「把這種東西交給我真的好嗎，傑克斯？」

——我不需要預知未來的力量。

你們回到我身邊，才真正對ＯＺ的未來有很大的幫助啊……

特列斯一直在心裡這樣感嘆著。

「普羅米修斯」回到了清潔作業船上。

傑克斯是被這架機體回收，然後在抓住軀體側邊的情形下回來的。

傑克斯在機庫裡拿下頭盔後，就發現來接他的露克蕾琪亞看起來很憂鬱。

露克蕾琪亞一臉哀傷地說：

「結果我變成了潘朵拉……是這麼回事吧？」

「妳別太在意……反正事情都順利結束了。」

從「普羅米修斯」那邊有聲音傳來。

『我們簡直就像在演《奧茲國的魔法師》啊（註：亦即《綠野仙蹤》。日文版的名稱為《ＯＺの魔法使い》，指的是故事中的奧茲國的魔法師，而他們三個包括特列斯都是ＯＺ的人，所以這其實是個雙關語）。』

從駕駛艙裡出來的艾爾維邊脫掉太空服邊說：

「讓空空如也的錫人有了『心』，讓膽小的獅子有『勇氣』挺身而出；還讓沒有智慧的稻草人獲得了能預知未來的『人工智慧（ＡＩ）』。」

兩人一聽，頓時面面相覷。

「我很膽小嗎……」

「我平常掛在嘴邊的話，由別人來講聽起來真是莫名刺耳啊。」

露克蕾琪亞輕笑了起來。

傑克斯在心裡感謝艾爾維讓現場的氣氛變輕鬆，然後開口問他：

「既然如此，那麼艾爾維你在《奧茲國的魔法師》裡是什麼角色？」

「我嗎？我就是那條在主角們身邊跑來跑去團團轉，派不上用場的小狗啊。雖說以吉祥物的標準來看，我實在帥過頭就是了。」

此話一出，傑克斯頓時面露苦笑，露克蕾琪亞也笑逐顏開。

仔細想想，在這樁事件裡，只有艾爾維確實執行任務而且還順利成功了。

照理說，他應該聚所有榮耀與讚賞於一身，但他卻一心一意為同伴著想而扮起小丑來。

露克蕾琪亞也理解艾爾維這種十分貼心的關懷，開口向他致謝。

「實在很感謝你，艾爾維特士。」

艾爾維一邊搔頭一邊說：「哪裡哪裡，其實我什麼都沒做啦。」然後改口說：

「話說回來，稻草人是誰啊？」

現場並沒看到原型零式的駕駛員亞汀·羅的身影。

當這架機體回到作業船上時，駕駛艙裡已經空無一人了。

他應該是和傑克斯一樣只穿著太空服逃離了吧。

不論在哪裡總會有不合群的人——傑克斯一邊把他和自己重疊起來，一邊在心裡這麼想。

AC-187 April 18

小亞汀在L-1殖民地群的「醫療中心」過著無聊的生活。

亞汀還沒回來。

他已經把這座設施的構造和監視攝影機的位置等情報都記住了。

這是為了讓亞汀在這座設施裡工作時，能維持可迅速確保退路的狀態。

這也是亞汀在出發前交代他的「非強制任務」之一。

——這應該能讓你稍微打發一下時間吧。

與其說這是任務，不如說這是「為了生存」的訓練也說不定。

然而這項任務他也很快就完成了。現在他為了排遣無聊，也只能在醫院裡四處閒晃來看看設施有沒有什麼異狀。

就在此時，有位手捧花束的少年佇立在小亞汀面前。

「你是葵女士的……」

由於突然聽到母親的名字，小亞汀立刻緊張起來。

「今天你沒帶著里歐玩具啊？」

這個臉上浮現溫柔微笑並向他攀談的人，就是凡恩・克修里納達。

「你認錯人了。」

小亞汀冷漠地說出這句話後，原本想就這樣直接走過去，然而——

「提到你雙親的事我很過意不去，不過幸好你還活著。」

凡恩笑著說：

「就我個人而言，我很希望能帶你去當OZ的特工喔。」

一聽到這句話，小亞汀立刻加速離開現場。

然後他邊跑邊說：

「我拒絕。」

只撂下這麼一句話。

＊

亞汀．羅在L-2殖民地群的太空機場接受了下一件委託。

地點在位於候機室一角的獨立房間。

由於近年來實施「殖民地間飛航禁止法」，所以會來機場的人少得可憐。

會來的幾乎都是聯合軍的相關人士，不然就是參與改建月球基地的勞工。

而這次的委託人也頂著「聯合軍情報部」的頭銜。

亞汀一邊在心裡訝異地想「這是怎麼回事啊」，一邊聽委託人提出要求。

目標是羅姆斐拉財團與ＯＺ特務部隊的實際領導者凡恩・克修里納達。

雖說從很久以前就有人提出過這項委託，但他一直拒絕接受。

他有幾個拒絕的理由。

聯合軍內部似乎的確有相當排斥凡恩這個人的勢力。

「我以前早就說過了，我不接這個工作。」

亞汀絲毫不留情面地表示：

「我不殺女人和小孩，這是我的原則。」

「他可不是天真無邪的小孩。凡恩・克修里納達是掌握龐大權力的暴君。」

「嗯，或許真是那樣……其實你是巴頓財團的人吧，不是嗎？」

委託人的表情在那一瞬間僵住了。

「……我一聞味道就知道了。」

委託人陷入沉默。

「幫我傳話給你老大德基姆．巴頓。想委託我辦事就請他自己來，這才是應有的禮儀吧？」

至今為止，亞汀曾經從叛亂軍組織的德基姆或坎斯那裡接過好幾次委託。

雖說諸如救出阿爾緹蜜斯或攻略巴爾吉的內部破壞工作都是這樣，但最近他經常在完成委託之後就有人要他的命。

雖說其中也包含了要湮滅證據的因素，但主要是因為他暗殺希洛．唯的情報被洩漏到叛亂組織內部，對方為了報仇而盯上他。

但是就亞汀看來，對方的特工水準根本和外行人差不多，只要能在事前發現對方行動的跡象，就能輕鬆避開。

但即使如此對方還是不死心，派來的特工仍然前仆後繼。亞汀也只能傻眼著對他們宣稱：「如果你們再打我的主意，我就把德基姆列為目標。」

或許這道威脅有效過頭了。

德基姆不但變得過度警戒，還經常繞圈子提出委託。

結果委託人什麼都沒說就離開了。

「真是敗給他了。」

亞汀搭乘了從月球哥白尼太空機場起飛，會經過L-1殖民衛星太空機場的定期渡船。

這架太空梭裡應該有很多醫界相關人士搭乘。

但是坐在乘客席上的只有一個老人，那就是德基姆．巴頓。

連亞汀都無法隱藏臉上的訝異神色。

「喔喔，你居然這麼快就亮相了……看來你是認真的啊。」

德基姆鄭重說道：

「既然你都扯到禮儀，我就不得不這麼做了。」

「我就算接了你的工作，小命也沒有保障啊。」

「不光是你的命，我也保證你兒子的性命安全。」

「兒子？你別開玩笑了，那只是個陌生人啦。」

「要是太小看我們的情報網，那可令人頭大啊。我們已經連DNA鑑定都做過了。」

這下子換亞汀傻眼了。

「你利用了凱薩琳？」

把小亞汀放在「醫療中心」真是一大失策。

「那家研究所的出資者就是我們巴頓財團啊。」

亞汀對自己的大意深感後悔。

德基姆彷彿為了要確認這一點，繼續以目中無人的樣子說下去：

「然後呢，你應該願意接受我的委託吧？即使我們的特工跟外行人差不多，但要殺個小孩還是辦得到喔。」

「我知道了，這次我就改變我的原則吧。」

「確認一下吧。目標不是我，而是羅姆斐拉財團與ＯＺ特務部隊的實際領導者凡恩．克修里納達。」

從德基姆這句話裡，可以感受到死纏爛打的偏執。

亞汀以作嘔的模樣說：

「我知道了……」

AC-187 April 20

芬戴特・克修里納達的人生似乎就要在L-1殖民地群的「醫療中心」裡落幕了。

由於感染了新種殖民地病毒，導致他因顱內出血而昏迷。

不過在當值的醫生凱薩琳・鮑進行緊急手術後，成功延長了他的生命。

凱薩琳・鮑讓自己的女兒莎莉擔任助手。

負責麻醉和管制醫療儀器的則是伊莉亞。

莎莉・鮑和伊莉亞・溫拿在這所醫療設施以醫學系學生的身分研修實習。

「經驗是越早累積越好喔。」

三人在通宵的疲勞中，等待患者的情況恢復。

隔天下午，恢復意識的芬戴特說道：

「我能撐到孩子們過來嗎？」

「這……頂多只能再撐一個月吧。在那之前會先和令公子連絡。」

「……是嗎……」

芬戴特看似灰心地閉上眼。

事務繁忙的特列斯和凡恩應該不會為了自己而撥空過來。

他是這麼想的。

「看來是趕不上了。」

「請您別灰心。」

伊莉亞溫柔地說道。

「那只剩下一個方法了。」

莎莉或許是想說些能讓他安心的話題吧。

「我母親正在進行採取DNA來製作複製人的研究。我們也在協助她……」

芬戴特似乎對複製人這個話題很有興趣，立刻睜開眼睛聽莎莉說下去。

「先準備健康肉體的『備用品』，然後把製作成描繪記憶的您的意識下載到身體裡的話——」

莎莉說到一半就被凱薩琳打斷了。

「不過這個目前還在實驗階段。」

芬戴特再度沮喪起來，還喃喃自語：

「……那就是個無關的陌生人，不是我啊……」

他陷入沉默好一陣子。

病房裡被令人不自在的氣氛所籠罩。

當凱薩琳等人找到適當的時機說聲「請多保重」而要離開時——

「費用是多少？」

芬戴特從背後向凱薩琳發話了。

「請替我唯一的兒子凡恩準備他的『備用品』。他和我很像，天生體弱多病。」

凱薩琳讓莎莉與伊莉亞先出去，然後不回頭地說：

「採取ＤＮＡ樣本是免費的，反正終究只是實驗的一環。」

＊

凱薩琳回到自己的研究室後，就接到杰伊．努爾寄來的郵件。

『把實驗體２號的樣本廢棄，已經不需要他的「備用品」了。』

凱薩琳遵從命令把冷凍保存的試管架上寫著「實驗體２號」的ＤＮＡ樣本拿出來，直接扔進焚化爐。

然後她在另一個空的試管寫上名字。

——凡恩．克修里納達。

「啊，我忘了告訴他，得先經過本人同意才行。」

試管架上擺了很多樣本。

其中有凱薩琳自己的，也有小亞汀．羅的。

「媽媽，妳不需要我的樣本嗎？」

莎莉一臉不滿地說。

「要是再多一個像妳這樣讓人勞心勞力的孩子，那不是很辛苦嗎？」

凱薩琳開玩笑地說道。

「那麼等我長大以後想要個女兒時，就用媽媽的樣本吧。想必她一定會是不用讓我勞心勞力的好孩子！」

「說得也是……不過妳可別對她太嚴格哦。」

MC-0022 NEXT WINTER

我渾身顫抖地拿下了虛擬眼鏡，回頭看著站在我背後的麥斯威爾神父。

「神父，我好像是祖母的複製人。」

「這我可是第一次聽說……」

神父的臉上寫著「那又怎麼樣？」。

他以前曾經對我這麼說：

「妳是凱西．鮑，不必把其他身分套在自己身上。」

管他什麼複製人還是備用品統統沒有關係。他好像是真的這麼想。

我向他報告最新得知的事實。

「之前的『傑克斯檔案』裡沒有啟動『ZERO系統』的事，也沒有廢棄殖民衛星的事件。」

神父露出微笑：

「只要把莎莉和龍妹蘭的存在放回去，相關項目就會增加吧。那才是真實的歷史——」

（第十二集待續）

後記

在撰寫動畫劇本的說明文時，不可以使用「面無表情」這種表現方式。

這是教我動畫劇本基礎的小山高生先生所說的話。

即使用面無表情這種既曖昧又草率的語氣來寫說明文，導演和負責畫分鏡表的人也看不懂；而且也會變成太依賴他們判斷，呈現不出什麼具體的畫面。如果是無機物的機器人倒還說得過去，但若是人類就應該會有「喜怒哀樂」中的某種感情。如果是不想讓別人看到自己的情緒起伏的角色，那就不該用「面無表情」而是用「平靜的表情」或是「讓人感受不到他在生氣，宛如能劇的面具般的表情」來形容。比方說像哥爾哥13這樣的角色就要寫「冰冷的表情」——他是這樣教我的。

不過我就是沒辦法適應這種語感啊。因為在成為動畫劇本家之前，我的目標是成為舞台劇的劇作家，而當我到劇場坐在導演的旁邊時，就經常聽到有人在用「面無表情」這個字眼。在戲劇世界中，當導演在指導演員的演技時，若對方感情表達不足，導演就經常會使用這個字眼。當他要求演員展現笑臉的演技時，若對方辨不到，他就會說：「你哪有笑啊，根本是面無表情吧！」這句話。接下來他還會繼續說：「光用嘴角表現出來也不行。眼睛、眉毛、耳朵、鼻子，如果你不能用全身上下的一切表現出來的都不算是笑！為了這點，你必須完全融入角色，讓自己從思想和肉體來引出笑臉。」這種很難懂的話。那時我就認為「人類在一般情況下（非主動時）會變得面無表情」。

如果是小說，就容許使用「面無表情」這種說法。就算寫「希洛．唯是個面無表情的少年」，通常就能把印象傳達給讀者了。只要這樣定型一次，那麼這句話裡就會包含「穩重」、「不會生氣」或「冰冷」等意味；可以說我現在終於從當動畫劇本家時被施加的束縛中解放。更不用說我在這本《Frozen Teardrop》裡，我會聽到「和那種小事相比，還有更該注意的事」這種意見，而且因為劇情中是以無機的MS為主，所以我寫出「機庫裡的『飛翼鋼彈零式』面無表情地等著希洛」這種句子也以完全不用在意。啊，這真是太棒了。

在其他的案例中，人類有時會呈現什麼都沒在想的一般狀態。如果各位去看看現代人搭電梯時的表情，就會覺得這種行動裡根本沒有什麼「喜怒哀樂」存在。這時的人類不過是在持續上升下降的箱子裡變成被搬運的貨物，也可以說只是沉默地看著那不斷變動的數字的人。對於這種太過天經地義的行為，不要說沒什麼好感慨，就連驚愕、疑惑、憤怒、猶豫和期待也統統沒有。特別是日本人具備了不太會有想把自己的感情起伏或變化傳達給其他人的欲求這種特質，那就更不在話下了。

把話題拉回動畫劇本的事吧，如果要把這種場面寫進劇本裡，我覺得就沒必要加寫什麼表情的說明。與其寫「搭乘電梯時，沉默地看著樓層數字變動的面無表情的人們」，我覺得只寫「搭乘電梯的人們」這種既簡潔行數又字少的句子還比較容易看懂。說到底，既然是作畫張數有限的動畫，那我覺得這類「什麼都沒在想，只是搭電梯的場景」，只要沒有要刻意呈現特殊的演出效果，就完全沒有必要存在，寫進劇本裡也沒什麼意義。這種劇情只要隨著抵達提示音響起，打開電梯門讓角色出現就解決了。我覺得既然身為催生故事的劇本家，那就不必在這種沒用的描寫上多費工夫，應該把心力投注在其他更加高潮迭起的劇情發展上才對。

不過或許也會有人說「不對不對，就是因為這樣『新機動戰記鋼彈Ｗ』才沒能博得那些身為機器人迷的男生的支持吧」這種話吧。

也有某些人提出意見，指摘製作群把太過理所當然的行動——就本作的情形來說是機體的出擊程序——給省略掉了。

話說，當時凡是機器人動畫作品裡，所謂的出擊程序至少都得作成兼用卡（每集挪用），而且還是必備場景；更不用說是「鋼彈」了。就像在和管制官（雪拉或芙勞等人）經過一番交談，阿姆羅大喊一聲：「阿姆羅，出擊！」後踩上彈射器從白色基地的左舷機庫門飛出去的「ＲＸ－７８－２」那樣的場景，可說是最讓人熱血沸騰的帥氣場面。可是我們的「鋼彈Ｗ」在故事發展上根本沒有這種東西啊。「那些能讓男生高興、興奮到極點的東西都跑去哪裡了？」就是批判動畫初期的人們最誠實的感想。

不論我有多麼清楚希洛駕駛「飛翼鋼彈」出擊時，不會有任何糾結或猶豫，始終能保持「面無表情」，也覺得這一點是天經地義；又或是設定或機械的作畫有多麼優秀，可是這種沒把必備的出擊程序列為最優先的做法，就鋼彈作品而言根本就是致命傷——就算有人這樣說也是無可奈何。而且關於這個部分，我也不打算提出任何異議。

如果要回溯到更古老的時代，傑瑞・安德森的「雷鳥神機隊」（註：是1965年起在英國播映的科幻木偶劇，由於製作精良，創意十足而大受歡迎，劇中許多設定和橋段更被日後不少ACG作品借鑑或致敬）這齣人偶劇中的角色們同樣面無表情，但那些超級機器的出擊場景才是該劇的生命。超人力霸王系列中也有所謂的出擊專用曲，更不用說特攝英雄作品的變身場景與其說是要表現角色的心情或表情，倒不如說它們背負著要讓觀眾注意變身商品，並藉以為孩子們提供「變身道具」這種玩具的使命。

不過那個時候，天才導演池田成先生很討厭在之前的作品中不斷蔓延的類型化劇情發展，以及成為傳統的必備場景。他以前衛的作風追求夠刺激的表現方式，也以十分堅決的態度抗拒出資者提出的老套要求。他曾經說過：「這種態度才是SUNRISE作品之所以能正面擊退被人揶揄說是『單純的機器人摔角』的作品的真髓所在，同時也是富野由悠季導演之所以能跨越和CLOVER玩具公司的爭執而創造出

『機動戰士鋼彈』的真正本事。如果要貫徹這一點，我們就要讓機體會墜落、會自爆，角色可以換乘敵人的機體或是開過後就把機體丟棄；可以說『鋼彈W』才是鋼彈的王道。」我對這樣幹勁十足的池田導演佩服之至，所以沒考慮太多就追隨他了。

不過事情總有轉折。在本劇後期，池田導演離開之後，由角色設定鬼才村瀨修功先生所描繪的後期開頭動畫的分鏡表開頭就有希洛啟動「ＺＥＲＯ系統」後，讓「飛翼鋼彈零式」出擊的場景。我看到那一幕時就渾身顫慄，只不過是標題出現前區區幾秒的畫面，就讓我興奮到差點昏倒了。我第一次看到擁有這麼驚人的表現力的畫面，它可以說為我開拓和必備場景或類型場景完全不同的另一個次元的世界。故事裡不但有充滿讓人屏氣凝神的緊張感的出擊程序，連希洛那張原本只能用「面無表情」來形容的臉，都變成將隱藏在平靜心靈之下的爆發力一口氣擠出來的強悍，堪稱魅力十足的表情。村瀨先生對工作的真摯和池田導演旗鼓相當，還漂亮地打破了既有概念和當今的常識。

很遺憾的是，我們在艱苦的工作行程表壓迫下，能讓所有觀眾看到這段開頭動

後記

畫的機會只有最終回和之前的第48回這兩次而已。話雖如此，不過一般的動畫製作公司會自我控制，不會做出在只剩最後兩集時還換片頭這種傻事。而刻意做出這種行為正是SUNRISE的富岡秀行先生（這時他已經是十分傑出的節目製作人了）的偉大之處。雖說我算是後知後覺，不過在猛烈反省後，還是在第48回中加寫了「飛翼鋼彈零式」的出擊場景。在OVA版「Endless Waltz」裡，我也寫了從希洛和「飛翼鋼彈零式」會合後啟動「ZERO系統」到機體向地球出擊這一段場景。老實說，當時因為「飛翼鋼彈零式」還不是天才機械設定師KATOKI HAJIME先生所設計，宛如白翼天使的造型，所以我心裡完全無法想像那個張開機翼的名場面。

KATOKI先生曾經說過，如果是「鋼彈W」裡那些充滿出奇調性的角色要駕駛的話，他就必須設計出適合他們，既優雅又奇特的機體造型。果然天才就是有慧眼啊。那個「飛翼鋼彈零式」張開白色機翼後，把天使羽毛散布在周圍，再以充滿華麗美感的舞步離開的演出，是擔任「Endless Waltz」導演的青木康直先生所設定，而這部分也是堪稱天才手筆。讓我大吃一驚。

當時坐在駕駛艙裡的希洛的表情在劇本上的表現，應該已經被允許定型成「面無表情」這個類型了吧？錯，我早就料到這種事絕不可能被允許。結果這種語氣還是動畫劇本家的束縛，一直都束縛著我；而這也是我休載的情況越來越多的原因（實在對不起大家）。

今年（2015年）已經是「鋼彈W」播映後經過整整二十年，連當年聲優們的內幕我大多都已經忘得一乾二淨。雖說現在不管怎麼做，或許也都已經聽不到了，不過在2011年2月到6月間的本書《Frozen Teardrop》的發售促銷活動中，有提供原創有聲劇讓讀者下載喔。我受命在劇本裡寫白雪公主出擊的場景，記得標題應該是「出擊！白雪公主與魔法師」吧。擔綱演出希洛·唯的綠川光先生以完美的解釋講了一堆關於出擊程序的專有名詞，如果戴上耳機聽的話，綠川先生就會用他那既酷又充滿知性的甜美（這個就絕對稱不上是「面無表情」了）聲音在耳邊輕聲細語喔。

其實這次是因為頁數的關係，我才奉上級命令寫了這篇這麼長的後記。不過我當初本來是認為，像小說第二集最後那樣，把有聲劇的後期錄音用劇本當成附錄加進來比較好不是嗎？而且我還實際提案了。

上級表示「好啊，這樣也挺不錯」，很快就同意了。但是那份劇本的資料卻從我的電腦硬碟裡突如其來又乾脆俐落地刪得乾乾淨淨。

咦？這怎麼回事！我手忙腳亂，上跳下竄，看起來像在演低俗的鬧劇……KADOKAWA那邊也沒有保留資料？當時的責任編輯還休了第二次產假！

等等……給我等一下！！對了！SUNRISE的高橋先生他不是有嗎？嗯，對，就是四年前的那個啊！咦？因為公司的個人電腦要更新，所以舊資料都經過整理了……這……這樣啊？

冷靜，俺要冷靜！不對，現在的第一人稱是我！不，那種事怎樣都無所謂啦！先深呼吸一下，冷靜下來以後再好好想想……果然最後我還是只能大叫「嗚哇」而已。

事到如今，我已經束手無策了。最後僅剩的手段，就是把我保留的有聲劇拿出來聽，然後直接依照聽到的內容重新謄寫原稿。不，我絕對不要。如果是寫全新的劇情也就算了，要我把早就寫過的東西再重新謄寫成原稿，這麼麻煩的工作我打死也不幹啊。在無可奈何的情況下，我只好又寫了篇像這樣的後記，因此現在才會變成這樣。

那麼，基於以上的理由（到底是什麼理由啊？），本書《Frozen Teardrop》也進入第十一集了。

實在很抱歉，故事到現在還沒結束。雖說連我自己都沒想到，居然能一路寫到這裡。不過我打算最近就結束在《GUNDAM ACE》上的連載版。由於我會少喝酒少抽煙，鞭策自己展開最後衝刺，像包袱巾那樣拚命努力，所以我想最後故事應該會邁入所有人都想不到的意外結局。在那之前，還請各位再陪我一陣子。

像我這樣才疏學淺又輕佻的人得以進行長篇連載，我想這完全是託讀者們鼎力支持的福，我深深感激大家，實在是非常感謝各位。

還有長久以來一直支持這樣的我的KATOKI HAJIME先生、あさぎ桜小姐、MORUGA先生、SUNRISE的高橋哲子小姐、中島幸治先生、GUNDAM ACE編輯部的所有工作人員，本人在此衷心感謝大家。

我還要進一步讚揚二十年前經手製作「新機動戰記鋼彈W」這部光彩奪目的影集的所有相關人員與配音陣容。你們實在太棒了！我想即使到了現在——不，應該說今後也會永遠尊敬各位吧。

啊，我也不會忘記從那時起到現在一直都是本作粉絲的大家。

那麼，我們就在第十二集（今年年底發售？）的後記裡再會吧！

隅沢克之

新機動戰記鋼彈W
冰結的淚滴
11 邂逅的協奏曲（中）

作者 隅沢克之

插畫 あさぎ桜（角色繪製）
ＭＯＲＵＧＡ（機械繪製）

機械設定 KATOKI HAJIME
石垣純哉

原案 矢立肇・富野由悠季

協力 中島幸治（SUNRISE）
高橋哲子（SUNRISE）

宣傳協力 BANDAI HOBBY事業部

顧問 富岡秀行

日版裝訂 KATOKI HAJIME

日版內文設計 土井敦史（天華堂noNPolicy）

日版編輯 角川書店
石脇剛
森野穣
折笠慶
松本美浪

Kadokawa Light Novels——

機動戰士鋼彈UC 1~10（完）

作者：福井晴敏　插畫：安彥良和、虎哉孝征

在可能性的地平線彼端，衝擊性的發展——
嶄新的宇宙世紀神話，在此堂堂完結！

受「獨角獸鋼彈」導引的漫長旅途終於走到盡頭，巴納吉和米妮瓦總算到達「拉普拉斯之盒」所在地。他們意圖將真相傳達給大眾，然而假面之王弗爾・伏朗托再度阻擋在他們面前。如今，圍繞「盒子」的一切恩怨糾葛，即將面臨清算的時刻……

各 **NT$180~200/HK$50~55**

台湾角川

重裝武器 1~8 待續

作者：鎌池和馬　插畫：凪良

「可惡！不行，完全贏不了！」
不良士兵笨蛋兩人組，本次面臨前所未見的強敵！

這次的舞台位於遠東洋，也是OBJECT的誕生地，「島國」。因前所未有的強大OBJECT出現，讓笨蛋兩人組庫溫瑟及賀維亞陷入困境！而危機當中來到兩人身邊的，卻盡是些讓人不禁質疑是否真的有勝算的陣容……近未來動作故事再度展開！

各 NT$180~280/HK$50~85

Kadokawa Light Novels

驚爆危機ANOTHER 1~8 待續

作者：大黑尚人　插畫：四季童子

愛別離苦的SF軍事動作小說，
現在終演序曲！

追逐「凱撒計畫」的新生D.O.M.S.來到舊蘇聯領地的加魯那斯坦共和國。在那裡，達哉和雅德莉娜與該國的年輕男女有了一場意外的邂逅。然而，無視他們的萍水相逢，世界開始劇烈地變動。錯綜複雜的謀略，加速戰火的蔓延。舞台前往決戰之地——

各 **NT$180~190/HK$50~58**

台灣角川

Kadokawa Light Novels

OVERLORD 1~7 待續

作者：丸山くがね　插畫：so-bin

挑戰者心懷夢想踏入大墳墓，
但等待著他們的卻是惡夢——

被期待與欲望蒙蔽了雙眼的集團踏入了未知的遺跡——地下墳墓。接受了探索這個偉大之地的委託，闖入的挑戰者心中皆懷著能夠找到至寶的夢想。然而，納薩力克地下大墳墓的居民們宛如惡夢進襲而來，他們能否從這地獄般的納薩力克中倖存？

台灣角川

各 NT$250~280/HK$75~85

Kadokawa Light Novels

槍械魔法異戰 1~2 待續

作者：長田信織　插畫：ネコメガネ

魔法與火砲交錯，異世界神話揭幕！
從天而降的黑鎧超戰士伴隨的是福還是禍？

異世界的裝甲兵廉與亡國女王伊莉絲、近衛騎士艾莉西亞一同踏上旅途。在城鎮琵特雷，鄰國法吉魯德的軍隊對峙的魔獸群中有具神祕的「四足鎧甲」。確信對方也是〈阿加思〉的廉，和伊莉絲等人一同協助進駐軍，可是──

各 **NT$240/HK$75**

台灣角川

國家圖書館出版品預行編目(CIP)資料

新機動戰記鋼彈W冰結的淚滴. 10-11, 邂逅的協奏曲 / 隅沢克之作 ; 林莉雅, 余念帆譯. -- 初版. -- 臺北市 : 臺灣角川, 2015.07-
冊 ; 公分
譯自 : 新機動戦記ガンダムWフローズン.ティアドロップ. 10-11, 邂逅の協奏曲
ISBN 978-986-366-589-2(上冊 : 平裝). --
ISBN 978-986-366-894-7(中冊 : 平裝)

861.57 104009667

新機動戰記鋼彈W 冰結的淚滴 11
邂逅的協奏曲（中）

（原著名：新機動戦記ガンダムW フローズン・ティアドロップ 11 邂逅の協奏曲（中））

2023年6月28日　二版第1刷發行

作　者：隅沢克之
插　畫：あさぎ桜、KATOKI HAJIME
原　案：矢立肇・富野由悠季
譯　者：余念帆

發行人：岩崎剛人
總編輯：蔡佩芬
主　編：林秀儒
美術設計：黃永漢
印　務：李明修（主任）、張加恩（主任）、張凱棋

發行所：台灣角川股份有限公司
地　址：104台北市中山區松江路223號3樓
電　話：（02）2515-3000
傳　真：（02）2515-0033
網　址：www.kadokawa.com.tw
劃撥帳戶：台灣角川股份有限公司
劃撥帳號：19487412
法律顧問：有澤法律事務所
製　版：巨茂科技印刷有限公司
ISBN：978-986-366-894-7